搖擺

ゆれる

西川美和

劉子倩 譯

目次

第一章

早川猛的獨白

其實，我去看過一次母親。這件事沒人知道。

開門一看，陌生人與陌生人的病床間，就是母親的床位。

從洗臉盆抬起頭的母親，發現呆立的我，臉頰頓時浮現迥異於嘔吐時那種窒息感的另一種潮紅，像要掩飾似地朝我嘿嘿乾笑。

越難過的時候她越會露出笑容。我好像就是看著那種笑容長大的。

淺藍色洗臉盆的底部，只見鮮橙色汙物沉澱。那是奇妙的對比色。母親眼尖地發現我盯著那個，

「忽然就覺得只有胡蘿蔔最好吃。像兔子一樣。」她說著又笑了。

我想起很久以前，祖父忽然變得只吃西瓜，那時我還暗想這樣簡直像甲蟲，結果沒過多久祖父就死了。

加拿大產的冰酒，據說選用冰凍的葡萄僅能釀出少許，非常珍貴，滋味甜如

糖漿。「即便酒量不佳的人肯定也會喜歡喔。」我因工作關係去加拿大鄉下時，在當地協調專員如此的推薦下得意忘形乾了一杯又一杯，結果連母親過世都沒趕上。當我被迷昏了頭，連飯店都沒回去就這樣拖拖拉拉在她家住下來之際，母親已化為一縷輕煙融入天空。那正好是一年前的事。

昨天的攝影工作最後拖到天亮，徹夜未眠的眼睛無法承受從擋風玻璃直射進來的光線。

載著全家大小出遊的車子在高速公路上川流不息。社會大眾正享受愉快的假日。東京也是，只要驅車行駛數十分鐘便完全失去大都會的色彩，可以看見從以前就不曾改變過的青翠山巒及單調的田園風景。人們會對這種景象感到什麼鄉愁嗎？我不知道。一切的一切好像都在逆轉，好不容易得到的東西似乎也會被奪走。渾身竄過一陣寒意。遺忘許久的窒息感，突然迫近心窩。還是不要再想了吧。下一個交流道好像就要下去了。

下了高速公路駛入我從小生長的小鎮，風景益發顯得荒蕪，彷彿獨自年華老去踟躕不前。小時候常去的模型玩具店，如今櫥窗堆滿似乎已成清倉特價品的未開封紙盒，入口的鐵門深鎖，整間店都蒙上塵埃。昔日小河雖被居民排放的生活廢水及空罐之類的垃圾弄得髒兮兮，仍可捕捉到生命力頑強的生物，隨時都有成群小孩嬉戲對戰，如今沒有人氣也沒有毒氣，只有清澈的河水嘩嘩流過。倒是有一群小學生騎著嶄新的腳踏車，從我車前的斑馬線喳喳呼呼嘯而過。他們要去哪裡？當時，我為何會那麼奇怪？

唉，又來了。

油表的指針往下滑落到底。這輛汽車吃油之凶簡直匪夷所思。當初一見鍾情明知不好開還是咬牙買下這輛六四年出廠的福特旅行車，不過美國專門生產這麼耗油的汽車也難怪會爆發石油危機。如今偏偏在這種討厭的地方沒油了。這條通往老家的路上，只有一個加油站。早川燃料店。是有我姓氏的加油站。不，應該說是我老爸的姓氏。

家人此刻都在老家做法事，不在加油站，明知接下來遲早都得和他們打照面，還是有點不自在。對著陌生的金髮工讀生，我莫名客氣地請對方加滿九八汽油。大概是因為加油站頑固地不肯加入大型資本的旗下，店面依然簡陋土氣，瀰漫一股若說已經倒閉完全會相信的冷清氛圍。汽油味從打開的窗口飄入車內。我最受不了這個。這是父親身上的味道。我立刻關上車窗。

穿制服的女人伸長身子趴在擋風玻璃前，像畫圓圈一樣努力擦拭玻璃，胸部隨之晃動。與膚色不合的廉價粉底，和皮膚的油脂混合失去透明感。那張臉孔，因用力而醜陋地扭曲。

是智惠子——。

我反射性地戴上原本架在額頭的墨鏡，垂下眼皮。讓金髮工讀生迅速結帳後，不等玻璃擦完就發動汽車。可以看出智惠子被咆哮的引擎聲嚇到，身體自動閃向一旁。

她認出我了嗎？她卑微彎腰鞠躬的身影，在後視鏡中越變越小。

她是否在期待我的歸來？是否把人生賭在這種不知何時才會實現、甚至不確定有沒有的希望上？不不不。不可能不可能。我嘲笑自己的天真，一邊改變想法，這應該只是狹小的鎮上一場偶遇，同時卻也不得不感到微微寒涼。因為我離開這裡已十年有餘，幾乎從未想起她。

抵達老家時，日頭早已高掛。潮濕陰涼的玄關脫鞋口胡亂放著許多黑色皮鞋，猶如甲殼厚重的成群昆蟲。然而屋內鴉雀無聲，也聽不見誦經聲。看來我趕上最糟糕的時機抵達。行過走廊拉開盡頭的紙門，整個打通直抵佛壇的和室內，排排坐的黑色背影頓時一齊朝我扭頭。

童山濯濯的住持停止講經，當下噤口。

就是這種眼神。在沉默中，彷彿連毛細孔深處都被尖針戳刺，執拗地，充滿惡意。被這種消極的暴力嚇到，母親生前總是渾身僵硬，可憐兮兮地屏息躲在暗處。這是蛆蟲的人生。無論觀看者，或被觀看者，都是蛆。

你們好。是的，我就是這家的不肖子。母親喪禮都沒回來，甚至連她的一周年祭日，也穿著大紅色衣服姍姍來遲，是厚顏無恥的次子。

「喂，阿猛。」

我大馬金刀地站在門檻外，朝腳下一看，哥哥趴在和室角落的榻榻米上朝我招手。之後彷彿空氣一緩，住持又開始繼續講經。我手上還拎著西裝。今早匆忙出門，隨手抓起就丟到車上。但哥哥像要示意沒關係，拉著我的手帶我進去。

大概是三個月前吧。

「對方自稱是你哥哥。」

事務所的辦事員大庭手摀話筒，詫異地皺起秀麗的雙眉轉頭對我說。

我接過話筒後，傳來男人因困惑與緊張而激昂的聲音。他一再為自己唐突打電話至事務所致歉，結結巴巴解釋是因為聽到年輕女子接電話有點迷糊，就算問了八成也聽不懂卻還傻呼呼詢問我的近況。顯然是我哥沒錯。

見我面色放緩，一旁的大庭頓時臉色一冷，狠狠扭身背對我。大概是發現自己居然不知道我還有個哥哥，讓她感到不是滋味。這是我難以理解的自尊心。但我有哥哥這種小事，我居然沒提過嗎？或者，我不是對這個女人提起的？

「爸爸也很在意喔。如果你能抽出時間，就回來一趟。」

哥哥擔心我的工作檔期排得緊湊，特地提早通知我要做法事。

母親的喪禮結束後，我終於從加拿大的飯店打電話回家，不巧是父親接的，我們大吵一架。父親貶抑我的工作，我也不甘示弱回嘴：「你生氣只不過是因為這樣害你在別人面前沒面子」。我還說：「居然瞧不起兒子的工作，你是不是腦子有病？」至於我其實是因為在女孩子那裡鬼混才會沒接到通知，這我隻字未提。我們雙方始終都沒說出任何悼念母親的言詞。

後來就這樣不了了之。知道我手機號碼的哥哥一再來電，但我也沒接。

不過哥哥似乎絲毫不以為意，現在要我爽快地一口答應回去也有點尷尬，因此我再三搪塞，但哥哥毫無根據地反覆強調絕對不會有問題。他說話簡直像帶小孩的老媽子。

我坐的坐墊，有點溫熱。

把臉湊近後方，輕聲道歉後，哥哥朝我咧嘴一笑。絲線般的笑紋，在他的眼尾擠出深刻的溝槽。

眼神茫然的母親，自熏黑的橫梁上方俯瞰已經面向前方重新坐正，如羊群般溫馴聽和尚講經的賓客們。她的遺照與祖先們的照片並排掛在一起。我心想，她待的地方真奇怪。啊，母親已經不在了嗎。

這位從頭到腳都泛著油光的大叔，到底是我的什麼人？強烈的男用化妝品氣味，以及從黃色長板牙縫隙噴出的酒臭味，隔著幾乎可以接吻的近距離朝我迎面襲來，我從剛才就有點想吐。

聽說阿猛你在攝影界很活躍，叔叔我也開始關注藝術囉。電視播過羅伯特．凱帕❶這位攝影家的節目喔，他的人生和最後在戰場上的慘死，讓叔叔我超感動呢。我也希望自己能夠那樣。不過那個人長得很帥欸，一流人物好像都是那樣，阿猛你也不賴喔。想必桃花很旺吧？應該也會認識很多漂亮美眉吧？你有沒有拍過什麼裸體寫真集？那種時候，還是會有點生理反應吧？——諸如此類，結果對方纏著我問的都是這類問題。

我一邊隨口附和，一邊暗自反感，拜託饒了我吧，這種人最煩了。不過，雖說反感，內心還是不免有幾分得意。面對這種普通老百姓天真熱切的憧憬與庸俗的羨慕，我的回應不相稱地敷衍，令對方失落，看著對方為了那種溫度落差坐立不安，其實感覺還不壞。噢？那種東西，看起來真有那麼好啊？沒什麼啦，我當然全都擁有。如果我這種細微的滿足感，能夠刺激對方產生一點點（幾乎連他自己都完全沒意識到）感到受傷的脆弱，那真的感覺不壞。

但真正讓我心煩的，是之後。

越講越激動的大叔，開始對著圍坐成ㄈ字型的宴席對面的父親發話。

「哎，姊夫，阿猛可真了不起！」

正與坐在旁邊的住持專心交談的父親，似乎被宴席的吵鬧影響，沒聽見大叔的呼喚。我努力思索實際上幾乎毫無經驗的女人裸體攝影的話題，試圖把大叔拉回來。總之在父親發現之前，我想讓大叔閉嘴。與故鄉訣別，用我的「不孝」與「任性妄為」換得的成功，在父親看來純粹只是與魔鬼做交易。長年來在他內心仍有不完全燃燒的怒火——那是靠著彼此保持距離勉強沒有燃起熊熊火柱的憤怒火種。拜託大叔你不要再火上澆油了。不只是我，想必父親也有同感。但大叔繼續呼喊父親。執拗地，鍥而不捨地，像瘋狗一樣口沫橫飛不停狂吠。

住持已停止說話，一再偷瞄這邊，最後他催促父親，父親這才把臉轉向我們這邊。大叔頓時如潰堤般滔滔不絕誇獎我，看著含笑搖頭的父親眼中的神色，我這才發現，父親打從一開始，不，甚至早在大叔喊他之前，就一直豎起耳朵聽我們對話。他的怒火早已熊熊燃燒。可以清楚感到，父親一邊耐著性子回應像小孩一樣活潑亢奮的大叔，其實情緒已緩緩爬升至徐緩的斜坡頂點。

「可是，你看看。看看我家這口子的遺照。」

父親朝著自己頭頂上方的母親黑白遺照努動下巴。

「這還是用區內自治會舉辦搗麻糬活動時的合照放大的，頸部以下，是委託葬儀社合成的。兒子整天掛著照相機混飯吃，結果做母親的竟連一張像樣的照片都沒有，真可憐。」

母親依舊茫然微笑。那是用小照片勉強放大，所以臉孔和下方合成的身體相較，焦點模糊顯得很奇妙。想必是葬儀社常用制式喪服的胴體部分，一眼就看得出屬於別人，壯碩的身軀與瘦小的臉孔完全不搭，腦袋像是被埋在其中，合成照中的母親看起來異樣蒼老。

「也不知道到底在忙什麼。我就不相信有什麼照片那麼值得拍攝，連母親的喪禮都沒空回來參加！」

他的音量，彷彿一片邊緣單薄的玻璃，不停微微震動。

怒吼的傢伙很蠢。

在我更年輕時，也就是所謂的學徒時代，我在任職的攝影室經常挨罵。總之上面的人似乎深信，大吼大叫把人罵得狗血淋頭就是「教育」。但是很不巧，我從小就有個情緒激動型的父親在身邊，所以那些人的怒吼對我來說頂多就像是背景音樂。在威力大減的怒吼聲中，通常只能讓我辨別出對方的憤怒屬於哪一種琴弦，很少有什麼「教育」我的正當性存在。沒想到，見我即使挨罵也不沮喪不彆扭依舊淡然處之，某天攝影室的老闆居然對我說，這年頭的年輕草莓族缺乏毅力，一挨罵就立刻遞辭呈，可你倒是很堅韌，有潛力喔。聽到這種話，我忽然感到可笑，於是立刻辭職走人。

我討厭怒吼，也討厭被人怒吼。超討厭。

「你不也可以替媽拍嗎？區區一張照片。現在又不是連像樣的照相機都沒有的時代。」

我的嘴巴自動開炮。我也不知道自己在幹嘛。父親充血的雙眼冷然瞪視我。隱約可以聽見大叔在旁邊試圖勸阻我。但我的腦袋，尤其是太陽穴一帶，陷入高熱。

「真不知道你有什麼臉說媽可憐。把她困在這種被煤灰搞得黑漆漆刷都刷不乾淨的破屋子，讓她在汽油臭味中從早到晚做牛做馬幾十年。」

剛才還洋溢笑鬧聲的室內，彷彿潑了一盆冷水陷入死寂。我的嗓門已經不知不覺越扯越高。

「基本上我的工作給你們帶來了什麼麻煩嗎？你成天抱怨，其實只不過是恨我沒有來幫你和加油站工作，害你多花了一筆人事費用吧！」

砰──父親一腳踹翻眼前矮桌的同時，黑色的終幕也在眼前倏然扯開。

「好了好了好了！爸，你冷靜點。阿猛，夠了啦，我都知道。別說了。住持先生您說是吧？在菩薩面前這樣多不好。」

哥哥從正面牢牢按住父親的雙肩。父親激動得臉孔通紅幾乎咻咻冒煙，在哥哥的雙臂之間呼哧呼哧猛喘粗氣。哥哥很瘦小。那個身體虛弱總是被雙親庇護的哥哥，居然已經可以制服宛如巍峨岩石的父親了？抑或，是父親已經年邁得足以被哥哥制服？

哥哥耷拉著八字眉，一下子忙著勸阻我，一下子委婉地斥責父親，還要安撫受驚的親戚小孩。受他的言行舉止影響，周遭又恢復和樂融融的喧鬧。住持對著再次從我身上移開視線陷入沉默的父親開玩笑。

「你還能夠和兒子吵架，真令人羨慕。哪像我成天看人家臉色，反而是兒媳婦還肯聽我發發牢騷。」

「哪裡，一起生活都是這樣。別看我爸這樣，其實在我面前也是小心翼翼的。」

哥哥的打趣令全場響起笑聲。爸爸尷尬地縮成一團。在一切恢復原狀之中，哥哥殷勤周到地打圓場，一邊趴在地上收拾撒滿一地的菜餚，只見桌上倒下的酒瓶口滴落酒液，打濕他長褲的小腿之處。

哥哥難道感覺不到那種濕冷，那種不快嗎？難道身體經常背負這種不快才是哥哥的「正常」狀態？他為何不叫嚷不閃避，為何沒有先擦拭自己的長褲去理會那該死的地板？他這種不叫嚷，不閃避，最後總是吃大虧，似乎是從母親那裡遺傳的「忍氣吞聲」，令我越看越火大。就算遭到別人惹出的麻煩波及，他不僅沒有任何怨言，還滑稽地噘起嘴唏哩呼嚕自顧啜飲苦水，每次看到他那窩囊廢的德性，我全身上下就會竄過一陣寒意。然而哥哥對自己這種態度毫無自覺。非要等到被別人提醒「你的褲子都濕了」，他肯定只會一臉恍然，好像在追憶往事似地悠哉出神，然後才終於發現自己褲子濕了。但提醒他的絕不會是我。我只想撇開目光。斷斷續續低落的酒水，彷彿纏繞哥哥雙腿的鎖鏈。滴滴答答，滴答，滴答，一點一滴，不間斷地落下，汙漬蔓延，最後大概會腐蝕皮肉吧。

哥哥打從高中時就開始代替身體漸差的祖父在加油站幫忙，等祖父死後，關於畢業後的出路他沒有主動表示自己的意願，也沒人問過他將來有何打算，就這麼理所當然地開始整天待在店裡工作。某次工讀生缺人，父親開口叫我也去店裡幫忙，但當時上高中的我不假思索回答「死也不幹」。我接著又表態「我已經想好自己要做的事了」。其實天知道。將來的事，我壓根沒有認真考慮過。唯一確定「我不想幹的」，就是留在家鄉的加油站上班。當時的我對攝影毫無概念。那只是藉口。事實上做什麼都行。我只想找份無拘無束，孑然一身便能做到的工作，總之只要感覺很帥很拉風我覺得那樣就夠了。

父親當然氣瘋了，儘管如此他並未試圖勸我留下。他不是那種會對兒子低頭或巴結的老好人，也沒那麼識時務，之後他只是當我不存在，就當看不見我，而我這廂也樂得輕鬆，逕自申請東京的攝影學校入學。哥哥當時也只是毫無芥蒂一再強調「學攝影真是太帥了」。只因為他是先出生的孩子，就必須背負所有的麻煩，對此哥哥竟然毫無疑問，讓我感到很不可思議。哥哥小時候曾在某個棒球場見過一次長嶋茂雄，他說希望有生之年還能再親眼目睹一次，所以會去東京找我玩，結果他一次也沒來過我的住處，長嶋就已從球場消失了。

母親為我與父親的決裂耿耿於懷，直到最後仍不放棄居中調解，但我回嗆她說，我之所以覺得留在這裡也不會有任何好事，就是因為從小看著妳的人生長大。母親無話可說，好像很難為情似地軟弱微笑。我拒絕家裡的一切援助，所以她似乎很難過，看起來很沮喪。

然而，雖說起初是胡亂找的藉口，但我選擇攝影這條出路，或許是因為中學時在母親的娘家發現一台老舊的祿萊（Rolleiflex）雙反相機。據說那是母親婚前玩的相機，那個美麗的盒子徹底吸引了我，我就那樣把它帶回家。中型底片的安裝方法還是母親教我的。我很意外她居然會玩那種東西。以前從未聽過的洋文專業用語從母親的口中不斷冒出，

「出外旅行時，趴在鐵軌邊拍攝從對面即將駛來的火車。火車經過時掀起好大的噪音和強風，嘩的一聲，就被掀翻到草叢裡了。」她說。當時她的神情與平日判若兩人。

結果，三分鐘熱度的我很快就失去興趣，那台老相機不久便被扔棄在我的房

間，但當我要離家時，我找出那台蒙塵的相機，告訴母親我要帶走，母親聽了頭一次放聲大哭。

弔唁的賓客都離去後，益顯空曠的家中，找不到我的安身之處，最後我在母親被收進儲藏室的梳妝台旁坐下。梳妝台下，悄悄藏著蒙塵的寶盒。是上面刻著「FUJICASCOPE SH9」這個名字的八釐米放映機。想必是一九六〇年代後半產品的這台「made in Japan」機器，雖然看起來粗糙毫無美感，顯得格外老實笨重，在我眼中卻分明有種足以與那台老相機匹敵的美感。

驀然抬頭，只見哥哥俐落地替法事收拾善後，一邊用脖子夾著手機，拚命對我比手畫腳。

你開車，送我，回加油站，抱歉。

我朝他重重點頭。看樣子加油站好像出了什麼狀況。哥哥接聽電話的聲音，充滿蓬勃生氣與霸氣，顯得很可靠，彷彿想強調「全世界天大的麻煩都有老子來扛」。

「不好意思，那麻煩妳先幫我端茶招呼客人，智惠。」

哥哥說著掛斷電話。

搞什麼，原來哥哥對智惠子有意思啊？我暗想。

哥哥一把抱起堆疊在門口的餐盤後，朝我這邊搬來，還不忘對我嘀咕：難得人家醉得正舒服。只見他手腳俐落地把那些餐盤收進儲藏室的巨大餐具櫃時，忽然「啊」了一聲停下動作，看著我說，剛才那通電話，是智惠打來的喔。

「就是川端家的智惠子。你忘啦，住在河對岸的。」

我繼續沉默。

「那丫頭，現在在我們加油站上班。已經四年了。」

「噢。」

我漫不經心地慢吞吞接腔。

「咦，你早就知道了？」

「不是。我來這裡時先去加過油。」

「你們碰面了？還認得出來？」

「誰認得出來啊。只看到一個像是兼職歐巴桑的人。」

「哪會！她年紀比你還小吧。」

哥哥笑了。我也笑著粉飾太平。

「她之前上班的公司倒了。公司老闆也跑路了。碰上經濟不景氣最慘的時候。她媽媽來找我們商量，爸爸就叫她來上班。正好那時媽身體開始出狀況，事務方面的人手不夠。不過現在她已經能獨當一面了。她非常勤快。」

「況且，哥你也該討老婆了是吧。」

哥哥忙碌的雙手忽然頓住。耳朵像是發燒般變得通紅。

「你胡說什麼啊。」

「老爸是抱著這個打算吧?」

「這種話你千萬別對智惠說。人家可是一板一眼的正經人。」

哼哼,我嗤之以鼻。居然說她是「一板一眼的正經人」。他對我和智惠子的事一無所知就雇用了她。

「哎呀,對了。媽有遺物留給你。」

哥哥察覺我手上的放映機,當下矛頭一轉。

「怎麼。這是媽的嗎?」

「咦,你不記得了?我還在想你會要的八成只有這個,所以特地留給你。」

「我愛死了。這種篤直的設計,超讚。還帶點粗糙感,是日本產品最美好的時代。」

「你這種地方,和媽完全一樣。」

哥哥說著,忽然墊起腳尖,從餐具櫃上方取下一個裝東西的紙袋。

袋中裝著被陽光曬得褪色的七、八公分見方盒裝八釐米底片幾乎滿到袋口。

「猛・一歲生日」、「稔・幼稚園畢業典禮」、「秋季抬神轎」、「猛・喀擦喀擦山❷戲劇演出」、「七夕節」……每個盒子上都有母親親筆記錄的標題。那些或用奇異筆或用紅鉛筆的字跡，被我倆逐一拿起，仔細閱讀。

「我都不知道。我連『喀擦喀擦山』是什麼故事都不曉得。」

「啊？不是偶爾會拿出來看嗎……『蓮美溪谷的回憶』。哇，居然是蓮美溪谷！」

「那又怎樣？」

「以前常去耶。真令人懷念。」

那種景色，淡淡浮現我的腦海。彷彿吸收了山色，有一汪深水流過的場所。遙遠、冰涼的空氣感重現心頭。

「欸，我看這樣吧。明天要不要去玩？智惠應該也休假。」

「啥？」

「現在正是最好的時節。去那裡兜風吧。」

「帶我這個電燈泡去？算了，你們兩個自己去吧。我今天就要回去了。」

「你又來了。有什麼關係，難得你回來。我們再去釣鱒魚吧，釣鱒魚！」

「鱒魚？」

「以前爸爸釣鱒魚，我們不是烤熟了一起吃過？」

「老爸？我不知道。我沒去。」

「怎麼可能！你明明也吃了。」

「我沒吃。老爸從來沒有帶我出去過。那一定是我出生前的事。」

「看來你什麼都忘了。是被東京的毒氣弄得神智不清嗎？」

「才沒有。什麼『東京的毒氣』！你少胡說八道。」

「那就去呀。去嘛，風景很漂亮喔。你也會感到心靈被洗滌，拍出好照片。」

「你煩不煩啊！」

這麼耍嘴皮子打混之際，加油站好像真的出大事了。哥哥的口袋裡，響起流行歌曲的來電鈴聲。

讓哥哥坐在副駕駛座，我驅車駛過暮色漸濃的鎮上。不到一小時前的騷動，哥哥似乎已拋諸腦後，開心地講著無聊又幼稚的冷笑話，自己哈哈大笑。哥哥的笑話一點也不好笑，我也沒好氣地笑了。

哥哥提到的那些本地居民，對我而言好像都只存於記憶的角落。而我心中的陳年往事，就這樣年紀增長，繼續活在哥哥現在的生活中，這讓我感到很奇妙。

從車窗看到的山邊夕陽很美。從小看到這種景色，不知為何總會變得徬徨無助，一心只想趕快回家。但我的家已不是那棟烏漆抹黑的老家，卻也不可能是東京的公寓。不知該何去何從，只有「想回去」的念頭寂寞浮游。哥哥聒噪的玩笑，溫柔地撞擊耳朵。

「那傢伙簡直像尼特族老大。每次都來那一套。稔哥其實根本不用理他。」

我從加油站辦公室眺望外面的爭執，這時白天那個金髮工讀生披著花俏的橫須賀刺繡外套，十分親切地主動朝我發話。

指著大搖大擺停在加油站空地中央的國產高級轎車，身穿醒目大紅色運動服的「尼特族老大」，神經質地撓著蓬亂的頭髮頂上那一塊，一邊斷續發出尖銳的怒罵聲，每次當他發飆到頂點，哥哥的腦袋就像要鑽進地底般深深垂下。工讀生取下纏在頭上的那條沾染油漬的毛巾，嘴裡抱怨著那人死都不肯走，在我對面坐下。

「我不能出去。因為之前就和那個客人吵過。誰叫他一直囉哩囉嗦講些無關緊要的屁話，氣得我一下子火都上來了。」

「結果你動手了？」

「那倒沒有。那樣會惹火稔哥。不過差一點就動手了。」

「不是怕惹火我老爸？」

「是稔哥。」

「我哥也會生氣？」

「會呀。」

「噢？怎樣生氣？」

「嗯——該怎麼說呢？」

「比方說他會破口大罵嗎？」

「不，那倒不會。」

「打耳光？」

「哪會啊！難道他會這樣打弟弟？」

「會啊。我以前經常挨揍。」

「真的假的！你唬我吧？」

「揍得我鼻青臉腫不成人形喔，你最好小心。」

「啊，果然是唬我的。」

他說著輕推我一把。咧嘴一笑時露出的門牙格外潔白。

「我也不知道該怎麼形容。稔哥既不會大小聲，也不會碎碎念，感覺上，好像就只是靜靜地規勸吧。但是聽了就會老時覺得自己做了壞事，真的很不可思議。會很心虛。因為我身邊從來沒有那樣的人。大家都是直來直往直接動手的人。我看到他就會肚子抽筋。」

「那是他的手段啦。不信你下次等著他的鐵拳。」

「稔哥的弟弟真有趣。」

在他爽朗大笑的聲音中，還留有一丁點少年的高亢。

門口響起引擎聲。只見哥哥對著那輛絕塵而去的車子，幾乎把頭垂到地面恭送，他的身旁站著智惠子。工讀生拿起放在腳邊的安全帽，最後忽然神色一正，「我叫做洋平，承蒙府上關照。」他老老實實低頭行禮，然後才走出辦公室。

玻璃窗外，結束一件任務的哥哥神情鬆弛地與智惠子交談。大概就像是在安慰一家之主不在時堅守家園忍受苦難的愛妻吧。

之前把哥哥送回這裡下車時，智惠子儘管看到我，也板著臉不假辭色。她立刻像被人馴養的小型狗，圍著哥哥轉來轉去請求他幫忙解決麻煩。此刻也是，她緊跟著哥哥，站得筆直，口齒伶俐地應對。她在哥哥面前全然放鬆了緊張，甚至主動講笑話博取哥哥一笑。和我記憶中那個膽怯笨拙的女孩截然不同。

遲鈍的女人！看看哥哥的臉色吧。被妳這樣緊貼身體距離近得可以感到呼出的熱氣，可知會讓妳眼前那個男人每晚做出什麼樣的夢？

或者，這是妳故意對我示威？是復仇？

之後那二人之中，又加上毫不猶豫跨上摩托車的洋平，看似水乳交融。原來如此，這裡已是哥哥的城池。女人，暴牙的小鬼頭，這些本來於哥哥感覺很遙遠的人物，在這裡，全都仰望哥哥，袒露肚皮獻上愛慕。

這面擦得亮晶晶的玻璃牆壁，好像已成為絕對的隔閡。我壓根沒想過要超越哥哥或是要壓他一頭。我甚至一直在他面前感到自卑。但即便如此，哥哥好像總是略帶羨慕，目眩神迷地凝視我，而我也如此期待。永遠地。可是，如今哥哥已建造出適合哥哥等身大小的城堡，在那城堡中，他衷心滿足，精細地過日子。他已不再羨慕任何人。他已不再看我。全身的血管，彷彿有一陣電流竄過。就像小便時那樣不由自主渾身一抖。

我在心中打賭。數到五之前，哥哥就會察覺我，朝我展顏微笑。數到十。數到二十。然而哥哥始終看不見我。

「智惠，可以下班了。」

哥哥這麼一說，智惠子深深一鞠躬後，走進辦公室後面的房間換制服。

我也慢吞吞站起來，哥哥向我道謝，叫我自己先回去。

「那我順便載智惠子一程吧？」

「噢，說到那個，她已經搬出來自己住了。搬到鬧區那邊。」

「這樣啊。不過，我肚子也餓了，這下子正好。我去鬧區吃點東西再回去。」

「這樣啊。嗯，那就這麼辦吧。」

哥哥取出皮夾抽出萬圓大鈔，默默塞進我的屁股口袋。我推回去，說我賺得更多，但他笑著說「話是這樣沒錯啦」堅持不肯把錢收回去。

明知是無謂之舉，但我，還是約了智惠子。

智惠子毫不考慮就一口答應，非常簡單。

我不禁懊惱地嘖了一聲，做錯了！可惜那時已經約了。

見我想抽身離開，智惠子纏繞到我背後的手微微用力。我摟住她的身體，撫摸頭髮，對她微笑。那碼子事，壓根無所謂。但是看到智惠子把臉頰貼在我的胸前，露出饜足的神情，我已經湧不起任何情感。就算和十年前拋棄的女人再度上床，也不可能舊情復燃吧——我暗想，而那個預感可悲地成真。可對方並非如此。很明顯，她的表情表明她一直在悄悄等待今天的這種事情。哎呀！阿猛，好久不見，感覺好懷念所以我們打一炮吧。如果她是這種女人，我大概也就得救了吧。不，若是那樣我根本不會對她提出邀約。為什麼碰上我認為應該很好搞定的類型時，我反而不會出手？

我不願想起哥哥。智惠子房間的時鐘指針即將指向九點半。我得趕快回去了。必須借用浴室淋浴洗去味道，然後找個地方吃飯。

「阿猛，明天你會去蓮美溪谷嗎？」

來這裡的車上，明明她還客客氣氣對我用敬語。那時她明明始終不曾喊我的名字。

「欸，你也去嘛。那樣比較不會惹人起疑。」

她說的對極了。我也認為該這麼做。問題是，她對我傳達出共犯的同仇敵愾感，讓我心煩得要命。

「阿稔非常期待喔。」

智惠子吃吃笑。她嘲笑我哥時的表情，異樣醜陋。

打開玄關的門，家中瀰漫濃重的黑暗。小時候在這個家長大，我一直認定，這種黑暗的深處絕對藏有某種非人的東西屏息以待。那種深奧與詭譎感，若說沒有東西躲著才奇怪。而我盡可能不去刺激、惹惱那個東西，悄悄度過在這個家的每一晚。

緊閉的紙門縫隙間，透出一絲室內的微光。我幾乎是被吸引般不由自主朝光線走近。

室內，哥哥在摺疊洗好的衣服。毫無脂肪的背部弓起，端正跪坐的膝上，正一絲不苟地以熟練的手勢折疊男用內褲。那種折衣服的方式，和母親一樣。

我拉開與一人身體等寬的縫隙，哥哥這才發現我。我就這樣站在黑暗中，彷彿被什麼催促，滔滔不絕訴說著鎮上是如何改變，新開了什麼樣的店這些無關緊要的話題，哥哥只是安靜微笑，始終不曾停下折疊衣服的手。

「可是想找地方吃飯時，卻找不到什麼適合的店。」

「我想也是。多半都是連鎖居酒屋。」

「對對對……結果啊——」

「智惠她其實挺纏人的吧？」

哥哥的背影說。

我的背後竄過一陣寒意。吞下如梗在喉的呼吸後，

「——她喝了酒就會那樣。」

哥哥又說。

我變得小心翼翼，以免讓他發現我鬆了一口氣。

「是喔，也許吧。別看她那樣，其實挺能喝的。我都不知該怎麼辦才好。畢竟我平時就不善交際。」

我刻意朝哥哥悠哉一笑。腋下，滴溜溜滑落黏膩的汗水。

哥哥也點頭笑了一下。

「不用洗澡了吧？」

「不，我要洗。」

「嗯，那你快去洗吧。只剩你還沒洗了。」

哥哥的話聲，彷彿要滲入皮膚滲入內臟般沉靜，平穩。我準備關上紙門時，再次凝視他的背影。那是像女人一樣的背影。我忽然對一切感到異常悲傷。過去種種，今天的事，我想在此刻全部告訴哥哥，向他道歉。我想請求他的原諒。

哥哥再次朝杵在門口的我轉頭。

然而，光是謝謝他通知我今天回來參加一周年祭日，已費盡我全身力氣。我的說話方式拙劣，甚至讓我懷疑三歲小孩可能都比我表現得更好。對於我的結結巴巴，哥哥瞇起眼再次笑了。

我關上紙門。機會大概不會再出現了吧。如影隨形的濃稠黑暗再次降臨，吞沒我的身體。

---

❶ 羅伯特．凱帕（Robert Capa，1913-1954），原名安德魯．弗里德曼，匈牙利裔美籍攝影家。二十世紀知名的戰地攝影記者。

❷ 喀擦喀擦山：日本童話，描述老爺爺在田裡逮到惡作劇的狸貓，不料狸貓趁老爺爺外出害死了老奶奶，之後兔子替老爺爺報仇教訓狸貓。「喀擦喀擦山」這個名稱是來自兔子偷偷用打火石點燃狸貓揹的柴火，狸貓聽見打火石摩擦的聲音詢問時兔子的回答。

第二章

川端智惠子的獨白

阿猛好俊美，令我目眩神迷。

雖只是短短一瞬，但是當洋平打開車門把零錢找給他時，阿猛那種彷彿心頭深處有珠玉滾動的悅耳嗓音，我並未錯過。

我當下大吃一驚，我知道自己連頭頂都在發熱。我當然沒有心如小鹿亂撞。因為被他撞見我滿身油汙的醜陋模樣，已讓我慌了手腳。

可我不知阿猛有沒有認出我。因為他立刻開車離去。應該是沒發現吧，他肯定作夢也想不到，我竟然會在他家的加油站上班。因為他看起來若無其事，就那樣發動車子揚長而去。

不過，我隨即想起，就算他發現了我，肯定也會佯裝不知地離去，那正是阿猛這個人會做的事。

我生於流經這個小鎮的小河邊某棟房子。爸爸據說是貨運公司的司機。我才剛上小學不久他就從家中消失了，所以我不太記得他工作的樣子。爸爸失去音信後，當然也沒有寄過生活費回來，所以媽媽一直留在她原先上班的本鎮豆腐工廠，獨自撫養我長大。

爸爸好像在外面有了女人。媽媽直到很後來才告訴我這件事。不僅沒告訴我，她也一直沒告訴周遭的人。她始終冠著夫姓沒有離婚，也不肯搬離河邊那間出租房屋，因為爸爸本就經常不在家，所以長年來，很不可思議地，附近鄰居好像都沒有察覺真相。這是個古老的小鎮，媽媽害怕丈夫拋家棄子和女人跑掉的醜聞不知會被惡意渲染成什麼樣子。所以她盡可能當作什麼事也沒發生，只是默默等待爸爸的歸來，一如她對周遭眾人保守秘密，始終沒把真相告訴年幼的我。

但爸爸終究不曾回來。

過了無數個夏天與無數個冬天後，我默默明白爸爸已不可能結束「要做很久的工作」回來。

媽媽第一次向外人坦承父親這件醜事，是在早川嬸面前。早川家位於河對岸的一角，即便放眼全鎮也算是歷史悠久的老房子，家裡有阿稔和阿猛這兩個比我大一點的小哥哥，在不經意的契機促成下，從此本地有活動時都會碰面，兩家的父母都要外出工作，因此我和年紀相近的阿猛經常在放學後的安親班也一起行動。

阿猛從小就五官深邃身材高大，是那種特別引人注目的男孩子。他總是明確表達出自己的意見，當他想要某個玩具或遊樂道具時，不管碰上要好的小夥伴還是比他大的大孩子他照樣會用力推開對方搶到手裡，就算力氣不及對方最後搶輸了，他也很少投降，我記得他有一次好像假裝哭了，臨走卻一腳把沙子踢得對方滿身都是才跑掉。

他那種個性似乎逗得女孩們心癢難耐，不只是同年級的女生，連高年級學姊都會對阿猛的一舉手一投足指指點點或是出言調侃，對他有種瘋狂的在意。至於我，我對那樣的阿猛有點怕，光是接近他都有遭到火星噴濺波及的恐懼，所以我盡可能遠離他，而他似乎也壓根沒把我這號人物放在眼裡，但他哥哥阿稔在中學課業或社團活動結束後會特地來安親班的教室接阿猛，如果時間比較晚，已經到了我媽下班回家的時間，阿稔一定也會招呼我「一起走吧」。雖說是小學生，女孩子的女人心已經很成熟，毋寧比大人更露骨，所以能夠與人氣小王子阿猛一起回家，當然也讓我暗自捏了把冷汗，儘管如此還是坦然自若讓他陪我一起走過冷清的鄉間小路回家，就是因為還有一個人人眼中毫無疑問很親切的哥哥，阿稔這號人物存在。

但我與阿稔差了很多歲，所以對阿稔另有一種有別於阿猛的緊張，不過偶爾他這樣送我回家時，我媽還沒下班，這時他會直接把我帶去早川家讓我在他家待一會。我之所以厚著臉皮答應去他家，是因為阿猛他們的媽媽對我非常溫柔。她會端出色澤美麗的紅茶請我喝，讓我幫她一起準備晚餐，教我刺繡，把「還是女孩子好」當成口頭禪掛在嘴上，在我媽來接我之前，嬸嬸一直陪在我身邊。

後來我聽我媽說，阿猛與阿稔之間本來應該還有一個姊姊。不過，那個女孩似乎生下來就死了，後來早川家再也沒有女孩誕生，我媽說，所以早川嬸這麼疼愛妳，想必也有那個因素吧。

我媽很敬仰早川嬸，早川嬸一家代代定居在這塊土地，我媽拘泥於自己是租屋暫居的外來者這種想法，對旁人多少有點卑躬屈膝，我很討厭她這一點。

早川嬸正好相反，她絲毫沒有讓人感到這種意識。早川嬸也在店裡工作，所以她打扮得整齊俐落，帶有服務業特有的開朗。我媽之所以會把爸爸的事情告訴早川嬸，我想大概就是因為信賴早川嬸的人品。而且她還向早川嬸借了錢。

我想早川嬸應該沒有把我爸的事情隨便透露給周遭的人，但我媽自從把這個秘密告訴早川嬸後，好像完全豁出去了。也是在這時候，她才向我坦白爸爸為何會離家。或許是一直守著秘密，積壓在自己心裡太久產生了反彈心理，從此我媽就像有什麼東西炸開了，開始挑明了說爸爸的壞話。但我媽變成這樣時，我心目中的爸爸早已漸漸模糊，只剩一抹影子。我媽很小心不在外面露出任何破綻，一切都與爸爸在家時分毫不差，但家中凡是留有爸爸味道的東西，無論照片或衣服，全都被她扔掉了。想必那並非出於「死鬼你最好永遠別回來」這種賭氣的意味，只是在她的人生中，不時會出現無法再忍受那些東西留在身旁的瞬間，於是每當這種時刻降臨，那些東西就被她一一扔棄。

依照我媽的說法，早在爸爸拋家棄子之前，似乎就已和外面的女人不清不楚。雖然最後我始終不知那個女人是誰，但是從母親身邊搶走父親的女人，好像也是爸爸在酒家認識的，我媽說是個打扮得花枝招展氣質低俗又下流的女人。由於爸爸的自私任性，我們母女遭到遺棄，但我們還得活下去，所以她一直在工廠上班。也曾向早川家借錢，但我媽本來就是一板一眼的個性，所以我想借錢的次數應該不多。同班同學之中，沒父親的小孩不只我一個，也有同學的媽媽為了生活不得不去酒家之類的地方上班。但是我媽或許對丈夫被陪酒的女人搶走心有不甘，堅決不肯去那種地方上班，也一再告誡我和她自己，無論如何絕對不能走上那條路。我媽說，如果去那種地方上班，不知會被別人講得多難聽，但是會講那種話的人，正是我的媽媽。

對於爸爸，我的確也曾恨過他。因為我認為，如果有爸爸在，媽媽應該就不用這樣渾身帶刺充滿戒心地過日子。然而，有時我也會悄悄幻想那個據說和爸爸在一起的「女人」。雖然記憶模糊，但我印象中的爸爸身材修長，肌膚光滑，烏黑的頭髮抹得油光水亮，和現在流行的帥哥類型雖然不同，但在我心目中還是相當英俊的大帥哥。相較之下，媽媽打從爸爸還在時就脂粉未施，身材矮小，而且手臂及脖頸都突起青色血管，簡直像營養不良的瘦皮狗，無論再怎麼替我媽說好話，顯然都與我記憶中的爸爸不相配。雖然媽媽鄙夷那人是「賣笑的女人」，但我自以為是的認定，陪在爸爸身邊的肯定是我從未見過的那種豐滿、亮麗令人驚豔的女人。有時我甚至會偷偷幻想爸爸與那個女人的羅曼史為之陶醉。如今想來，對親生父親居然能夠做出那種可笑的幻想，或許足以證明我與爸爸之間的距離猶如陌生人。

和早川家的阿猛變成那種關係，是在我十六歲時。說來窩囊，但我認為那種說法，最符合我與阿猛的相處模式。

我們就讀不同的高中後，已經鮮少有機會碰面，某天我在放學回家的公車上打瞌睡，湊巧被阿猛叫醒，因而有了之後的發展。回想起當日情景，迄今我仍感到心頭猛然一緊。

如今想來，小時候之所以對阿猛的活潑感到畏懼敬而遠之，或許其實是出於憧憬與崇拜。像我這樣不起眼的膽小鬼，能夠被阿猛這種與我截然相反的人正眼注視讓我很開心，頓時心情飄飄然如在雲端。

我們從小就認識，雙方的母親也很熟，這反而讓我們的關係變得很彆扭，彼此都是瞞著家人偷偷見面。

十幾歲時，或許大家皆如此吧。

然而，於我而言，與其稱為害羞，毋寧該用悖德感來形容更正確。因第三者出現遭到爸爸背叛的媽媽，對於男女戀愛想必格外無法寬容。看電視時，即便只是輕鬆的戀愛劇也會默默轉台的媽媽身上，有種讓我連叛逆都不敢的異樣魄力。

「我男友來家裡的時候，我媽才扯呢……」同學這種無憂無慮的對話，在我聽來簡直像天方夜譚。我總覺得，瞞著一直扮演愛情受害者的媽媽，與男孩子共度快樂時光，似乎是一種致命的背叛。或許我對爸爸感到恨意，其實就是在那種時刻吧。

但我並未被那種心虛折磨太久。

阿猛宣稱已決定高中畢業後就去東京發展。他說就讀的學校都找好了。當時阿猛的畢業已經迫在眼前。自從開始跟我約會，才剛剛過了一個月。

我很錯愕，不知該說什麼才好。最後，我鼓起全部勇氣總算開口。

「這種事，你是什麼時候考慮的？」

「之前就在想。」

「之前是多久以前？」

「很久以前。」

阿猛毫無愧色，看起來像是理所當然地回答理所當然的事實。

我啞口無言，只能保持沉默，結果他問我，

「妳要不要一起去東京？」

我怎麼能去。我還有二年才能高中畢業，況且去東京那種地方，我該怎麼跟我媽交代我去做什麼？我不知道。這個人為什麼講話這麼任性霸道！我雖感困惑，但哪怕是任性霸道也好，他肯這樣提議讓我開心得不可思議，見我含淚不語，阿猛盯著我看了半晌，最後他幽幽說道：

「妳總是毫無主見，真沒意思。」

之後過了八年，早川嬸再次對我伸出援手。就在我高中畢業後任職的建築事務所倒閉被迫失業的時候，早川嬸從我媽那裡聽說了這件事，主動邀我去早川家的加油站上班。

根據傳聞，阿猛幾乎是與家人撕破臉的情況下去東京，所以早川叔甚至連對話中都不肯提起他的名字。至於我，經過八年的歲月，對我媽有所顧忌的心病依然未癒，期間我與錯身而過的某些人不能說完全沒有產生淡淡情愫或錯覺，但到頭來並未發展成更進一步的關係。手中沒有掌握任何明確事物的我，如果又在能夠感受到阿猛氣息的場所生活，恐怕會讓自己方寸大亂，所以我很害怕。我本來想拒絕。但我不可能對我媽和早川嬸說出合理的理由拒絕，因此，最後我還是來加油站上班了。距離阿猛說的那句話已過了八年，然我還是一樣毫無主見。

但我在「早川燃料店」的生活出乎意料，真的非常平靜。

早川家的長子阿稔已經年過三十但個性始終如一，至於大叔，的確是個脾氣火爆有點笨拙的人，對我卻非常好。他們全家都把我當成自家人一樣溫暖地歡迎我。

就在我徹底融入這種生活時，早川嬸生病了。她一再進出醫院，有時我也會代替必須開店的早川家人去醫院照顧她。我一點也不覺得辛苦。大嬸寬容大度，個性幽默，我很喜歡她。在那樣的過程中，我懵懂地開始思考，我要加入這個家庭嗎？阿稔真的是個好人。我想他當然也是抱著那個打算。不過，阿稔從來沒有對我施加異樣的壓力，也沒有講過什麼奇怪的話調戲我。他好像只是溫暖地耐心等待，等我產生那樣的意願。我的祖父據說本來是祖母在戰時過世的丈夫的弟弟。小時候聽到這件事時，我簡直難以置信天底下居然有這種奇聞，但是現在，我已不再認為有那麼不可思議了。阿稔真的是好人。我想，我一定會得到幸福。這個人，不是我爸爸那種男人。他和那個人也完全不像。然而，我深愛早川嬸與那個人一模一樣的眼睛。

就在這時候，我媽再婚了。

對方是她任職的工廠專務。有個上中學的女兒，妻子已過世，比我媽足足小了六歲。這個消息猶如晴天霹靂。那樣的母親，年過五十之後，是什麼時候、如何與男人進展到互許終生的地步，我完全無法想像，也壓根不想追問。只是這麼多年來一直逼得很緊的緊迫感彷彿一下子解除了，我在我媽前面失聲痛哭。

那種緊迫感，是自己不得不親眼目睹我媽在意世人眼光，就算火燒屁股還是死要面子，把過去和他人當成壞人看待活得格外憋屈的人生造成的緊迫感。就算軟弱就算汗穢都沒關係，我只希望她放輕鬆。這不是出於孩子關懷母親的孝心。純粹只是因為我這個旁觀者感到鬱悶，受不了那種不快。

宣布再婚的母親，渾身僵硬，額頭冒汗，雙手顫抖。

彷彿雙人耐力賽中宣布退出的陪跑者。

那到底是誰開始的比賽？我什麼時候說過要跑完全程忍受那種玩意？我恨不得咄咄逼問她。然而在緊迫感下掙扎的不僅是我，我發現她也同樣一直對於我的存在感到畏怯——這樣對不起沒有丈夫的母親吧？這樣對不起沒有父親的女兒吧？原來我們母女就是這樣互相畏怯，互相監視，如此浪費了漫長時光。

而我很確定的是，我媽在某個時刻有了勇氣。無論別人是否會認為為時已晚，無論別人是否認為太自私，無論別人是否會把她視為與爸爸同類，總之她終於明確表達出自己誠實的意志，向女兒坦承。

「媽，恭喜妳。」

我說。

即將成為她丈夫的人，身材細瘦似竹竿，是個看起來溫和穩重的男人，對我也非常和藹。和爸爸的形象實在差距太大，令我差點忍不住笑出來。他的女兒雖然幼年喪母，而且正處於最微妙敏感的青春期，卻遠比我更冷靜，甚至已經開始喊我母親「媽媽」了。我媽聽了，反倒更在意我的反應，慌忙制止女孩：哎喲，還早啦。這種事，其實並沒有電視劇常見的那種緊張，毋寧簡單得可笑。我明確拒絕了他們的邀請，決定等我媽婚後就自己搬出來獨居。我們母女終於離開了河邊的家。有生以來，我第一次自己生活。這年我已二十七歲。

早川嬸過世，就在那不久之後。

而阿猛的名字，也終於傳入我的耳中。

據說他因攝影工作出國去了，無法趕回來參加大嬸的喪禮，在家人之間引起很大的騷動。直到那時我才知道，揚言要念攝影學校就此離開家鄉的阿猛，果真從事走上那一行過得非常忙碌。昔日三天兩頭改變興趣，總是三分鐘熱度又缺乏耐心的他，十年之後仍然堅持當初立下的志向令我有點驚訝。洋平很好奇，拉著阿稔不停打聽阿猛的事情，我在旁邊偷聽後，悄悄跑去街上的大型書店，買下所有印著「早川猛」這個名字的攝影集。照片的好壞我不懂，阿猛是基於什麼標準夠資格出版這種書老實說我也毫無概念，但是看著阿猛拍攝的景物，想到這是我從未見過，而阿猛這些年看過的風景，我不禁一頁一頁仔細翻閱。我認為那是非常冷、非常美的照片。我的心頭緩緩發熱。

我認為照片是種好東西。攝影者不露面，不說話，也沒見到我這個觀看者，但我還是可以把那個人走過的風景，當成永遠的靜止畫面藏在心中。

我依然不想見到阿猛。但我整天待在早川家幫忙處理喪事，所以就算不情願恐怕還是會碰面吧。雖然這麼想對不起早川家的人，但那時阿猛無法趕回來參加喪禮，我懷疑是慈愛的早川嬸替我做的最後安排，為此還偷偷合掌向她致謝。

然而這次，聽說阿猛就要回來了。

而且是很早之前就收到通知。我只能暗自祈禱，拜託請不要讓他與我碰面。

但是，這次大嬸不再幫我了。

昨天中午，阿猛來過加油站後，洋平立刻跑來找我。

「剛才那個，應該是稔哥的弟弟吧？我從來沒見過那種美國車。」

「我不知道。」

「妳沒看到他的臉？」

「沒看到。」

當時我心想，我想再看一次，我想看更多更多次。

可阿猛為何又對我提出邀約？

我說謊。坦白講，其實是我主動引誘他。我像蜘蛛一樣狡猾地設下陷阱，引誘他過來。那個來加油站找碴的客人，本來說如果沒有人可以做主，那他就明天再來。但我說明天負責人要請假，所以總之今天，今天如果可以稍等一下的話，我馬上讓負責人趕回來。我就是用這套說詞勸說客人留下等候。阿稔明天要休假是真的，但我打電話聲稱客人堅持不肯走，那是騙人的。

載著做完法事後被灌得醉醺醺的阿稔，中午那輛大車果真又出現了。

對於送阿稔回來的阿猛，我只是意思意思地行禮如儀，立刻比平時更親熱地纏著阿稔，表現出極為殷勤的態度。若是在阿稔面前，我就敢任性。也敢哀求哭訴。自己想做什麼也敢明白說出。當初在你面前不敢說的，現在我什麼都敢說喔——我就是這樣子演戲。我清楚地意識到，阿猛正透過辦公室的玻璃看著我們。

這，就是阿猛為何會起意約我的箇中玄機。

我雖對阿猛真的照我的意思行動感到無措，卻也萌生一種快感。哪怕被識破也無所謂。只要他來找我就是我贏了。這就是我的「主見」喔，我很想這樣告訴阿猛。

但當我坐上副駕駛座，阿猛的車子啟動後，我突然感到自慚形穢。

阿猛的頭髮蓬亂，滿臉鬍渣，本地人或許會說他這樣很邋遢，但那種時尚洗練的邋遢和我這種真正的邋遢，我認為截然不同。換下制服後的我，甚至分不出是男是女，穿著這年頭連小學生都嫌棄的量販店廉價衣服，剪得很短的指甲縫填滿烏黑的油垢。我的手指很骯髒。而阿猛流暢掌握大型方向盤的手指很美。

我猛然握緊拳頭，把烏黑的手指藏起來。

然而和阿猛交談時，時間彷彿就此靜止。

阿猛都快三十歲了，依然像個高中生。他滔滔不絕地講著無關緊要的事，好像覺得很好玩似地咯咯大笑，完全看不出有家累或被生活折磨的模樣，一切似乎依然如昔，而且，他好像已經忘記了一切。我不由自主完全被他那種樣子感染，我到底有多久沒有這樣與人滔滔不絕了？我也像小孩一樣興奮，像小孩一樣無知，像小孩一樣不知羞恥。

但在阿猛的眼中，我像個小孩嗎？

阿猛，我看起來，是什麼表情？

你果然還是會拿我和以前相比嗎？

阿猛，別看我。

阿稔突然提議開車去蓮美溪谷兜風，昨晚的阿猛還興趣缺缺，但今早來接我的是阿猛的那輛大車。阿猛果然也一樣對阿稔心存顧忌。他在害怕阿稔發現昨天的事。而且他打算和稀泥，就當什麼都沒發生過，拍拍屁股就此走人。但我認為他的如意算盤打錯了。我猜想，早川稔這個人，已經發現昨晚的事了。

阿稔把我倆留在河岸，自己捲起褲管跳進蓮美溪墨綠色的水流中追趕魚群，像小孩一樣嗆嗆呼呼亂叫。小時候我也曾參加本地舉辦的活動來這溪谷玩過幾次。我們這個小鎮看不到遼闊的海洋，所以本地小孩如果夏天讓大人帶出去玩，只能來這一帶。溪水非常清澈乾淨，因此大家都會換上泳衣下水游泳。不過這裡的水流即便夏天也很冷，就算是小孩子也無法泡在水裡游太久。十月的蓮美溪，絕非一般人可以坦然自若下水嬉戲的地方。

阿猛笑著對準阿稔按下相機快門。儘管他身為親弟弟，恐怕也無法察覺吧。阿稔這個人，絕對沒有大家以為的那麼正直。那個人，雖然別人都以為他有點遲鈍，其實並不遲鈍。在假裝遲鈍這方面，他擁有天才的技巧。我早就發現了。與我媽相依為命的生活讓我很了解，一旦察覺身邊人刻意壓抑的感情，那種感情外層掩飾的任何舉止，都只會顯得扭曲，只會令人毛骨悚然。在我眼中，阿稔浸泡在冰冷刺骨的溪水中直至大腿的奇妙舉動，分明只是對我倆瘋狂嫉妒的自殘行為。

「阿猛，待在這種地方，果然沒有半點好處呢。」

我這麼呢喃後，阿猛在一瞬間停下按快門的動作。

「那時候，我覺得很多事情都很可怕。當我拚命想著不能失敗、不能失敗，結果就變成了一無所有的人生。」

「說什麼人生啊，妳才幾歲？」

阿猛的眼睛沒有離開觀景窗，忍俊不禁說。

「妳的日子今後還長得很。」

「東京真好。為什麼那時候我沒有跟你一起走呢。」

「東京啊。沒有想像中那麼好喔。那裡只會讓人感到疲勞。難以安居。畢竟還是不適合鄉下人。沒事的話誰要待在那種地方啊。我要不是因為幹這一行，可能也早就去別的地方了。」

隔了一段距離的溪水中，阿稔正在呼喚我們。

「可是我想，我已經無法再像以前那樣了。」

看得出阿猛的背影倏然僵硬。

「我很害怕。那個人，恐怕已經察覺了吧。」

阿猛一邊朝揮手的阿稔揮手回禮，一邊含笑朝我轉過頭回答：

「察覺什麼？」

我頓時啞然，呆立原地。對著臉色呆滯的我，阿猛淘氣地一再按下快門後，

「果然偶爾還是該回來一趟。況且也能這樣見到智惠子。真的好懷念。」

說完，他就這樣悠然消失在林道彼方。

有這種說法嗎？撂下一句如此客套、毫無誠意的話，我又要被拋棄了嗎？太過分了。十二年前，他用宛如能劇面具的表情對我說出的那句「毫無自己的主見所以沒意思」，就像帶有利刃的拳頭朝我襲來，即使被整個割裂的我啞口無言，就在他眼前痛苦掙扎，他的表情依舊一派風涼。然而，那句話中的確有「我」存

在，就像舊傷疤一直在我體內隱隱作痛。現在他居然用這種宛如滑溜溜妖怪一樣的說詞，正眼也不肯看我就想逃走，實在太過分了。

高高升起的太陽，直接攻擊我的眼眸，大腦被劇烈地晃來晃去。強烈的光線遠方，只見高掛在河面上方極遠處纖細的吊橋影子，勉強能夠看出阿猛正在過橋的身影。我已經連眼睛都睜不開了。站都站不住。

這時阿稔靜靜來到踉蹌不穩的我身邊。

不久前還在追趕清流魚群，彷彿脫韁野馬的他，現在冷靜得判若兩人。但那溪流中，真的有魚嗎？他該不會只是在假裝追逐不存在的魚？

嘩啦啦的流水聲響徹山谷，只要相距兩三步就連對方說的話都聽不清，可我卻懷疑，他或許把我與阿猛的對話全都聽在耳中。阿稔朗聲說話的觸感，好像縈繞在耳垂不去。這個人，顯然心情極佳。他在興奮地喘著粗氣，認為這是千載難逢的良機。他逮住我被阿猛推開無處可去的機會，讓我舔舐甜蜜的糖果，企圖用棉花勒緊我的脖子。我才不會上當！要是被他逮到就完蛋了。叫我一輩子都關在那烏漆抹黑充滿油臭味的鳥籠，我死也不幹！

阿稔發話了。

「我最怕那種高處和會搖晃的東西了。從小，我向來都是敬而遠之。」

我心想，那我偏要去。

那座吊橋我知道。只要有人在上面走就會吱呀搖晃的那座橋，我媽警告過我不能走，所以我總是從遠處旁觀別人一邊尖叫一邊搖搖擺擺看起來很開心地過橋。

這次我要自己過橋。

我要抵達從未去過的河對岸給你們看。

沿著林中陡峭的坡路一步一步向上走，穿過陰森的樹林後，視野前方出現筆直延伸的吊橋。橋下的流水，只不過從河岸那邊的水流上來短短幾十公尺，表情已凶暴得如同另一條河，轟隆隆掀起可怕的漩渦。吊橋鋪設的板子陳舊，到處都已腐朽破損，從縫隙可窺見下方的溪水正以猛烈的氣勢洶湧流過巨岩之間。

每踏出一步，吊橋便搖擺傾斜，那絆住我的腳步，令步伐忽左忽右飄忽不穩，晃動變得更加劇烈。

直到剛才還耀眼得令人頭暈目眩的太陽，此刻已躲在山邊的雲後。橋上，貫穿山谷的山風吹過，那種寒冷，以及腳下的不穩，令身體顫抖。

好不容易走過一半的吊橋，我發現阿猛在對岸上游的岩石堆手持相機的渺小身影。我從吊橋的纜繩探出身子，扯高嗓門對抗溪流的轟隆水聲，呼喊他的名字，用盡全力朝他揮手。結果阿猛一瞬間好像注意到我這邊，但他旋即把身體藏入岩石邊的樹叢中。

跟丟了嗎？我慌忙離開纜繩向前邁步，這時身體忽然被人用力向後一拽。阿稔說什麼都不肯讓我獨自走吊橋，一直跟在我後面，這時他伸手拽住我的上衣下襬。這樣很危險！他一邊這麼罵我，臉色已嚇得鐵青，與其說他在扶我，毋寧是他藉著我來尋求安穩。

阿稔緊握我的衣襬寸步不離，別看下面！握緊扶手！加快腳步！被他這麼喊著，前進了三、四步的我，覺得自己簡直像被人拽著韁繩的牛馬。後來阿稔漸漸縮短他與我的距離，他呼呼喘息的熱氣，噴到我的脖子上。那種觸感宛如背後有蟲子爬行。

好噁心！我忍不住扭轉身體躲開，不顧一切拔腿就跑。

於是吊橋猛然劇烈搖擺。

視野的風景扭曲，我的腳絆住。但我已忘了害怕，只是揮舞兩手，拚命試圖前進，可是一股強大的力量從後方扣住我的雙肩，我被逮住，被剝奪自由，被踐踏了可能性，被封鎖了人生，被抹殺了未來——

「夠了！別碰我！」我唾棄地高喊。

放在我雙肩的手臂，倏然減輕力道。

當我不顧一切拚命嘶吼時，凝視我臉孔的阿稔，僵硬感如退潮般倏然自他的表情退去。他那彷彿驢子的大眼睛，逐漸瀰漫很深很深的闇色。在那炯炯發光的闇色中，映出我如野獸的身影。終於發生了。過去從來不曾有任何人開啟的沉重門扉，被我敲碎了門鎖。可以感到放在我肩上的手指再次緩緩用力。

這個人，是我。表情溫馴如驢子，心裡卻養著魔鬼。

這個人，原來就是我。我，如是想。

腳底的遙遠下方，溪水如沸騰般咕嚕咕嚕冒泡。

第三章

早川勇的獨白

起初，我以為是打錯電話。我沒聽出兒子的聲音。

不是，是我第二個兒子。

不對，不是TAKESHI。猛要念成「TAKERU」。因為大兒子稔叫做「MINO-RU」。

自從他離家獨居，已超過十年了。說到當初他離家的方式，以及我送走他的方式，唉，跟斷絕關係沒兩樣。只不過沒有明白說出「從此斷絕關係」罷了。我畢竟是他的父親。終究沒有勇氣說出那句話。十年的時間說來很長。所以逢年過節時我想我內人大概都有叫他回家吧。期間，他只有幾次忽然回來，但我們父子只要一碰面就會互相冷嘲熱諷，根本無法坐下來好好對話。在我印象中他甚至沒有在家裡停留過一晚。

一發現電話是次子打來的，我就有不祥的預感。我心想肯定是出大事了。

我兒子開門見山就直說了。

「智惠子掉到溪中。我們已經打電話報警了。」他說。

我兒子無論什麼事總是從結論說起。他從小就是合理主義者，脾氣很強，對於看似白費力氣或形式主義的事情明顯很討厭。什麼先後順序或禮儀規矩，他才不管那一套。在刑警先生面前，他肯定講話也很失禮吧。不好意思喔，真是失禮了。

不過，我當時只聽到這裡就已理解，啊，智惠子已經沒救了。雖然不知是怎麼回事，但是顯然發生了無藥可救的災難。如果事態沒有惡化到最糟的地步，那小子絕對不可能在這個時候就特地打電話到店裡。然後我開始擔心阿稔。為什麼不是阿稔，而是阿猛打電話來？

「阿稔呢？」我問，阿猛沒有回答這個問題，他只說，智惠子在吊橋上失足摔倒。而且他說智惠子當時倚靠的吊橋繩索斷了，人掉到下方的溪中。

我握著話筒的手頓時噴出冷汗。我又問一次：「阿稔怎麼了？」結果阿猛告訴我，他哥哥依然心神大亂，目前沒辦法正常說話，所以在車上休息。我當下扯高嗓門：「阿稔做了什麼！你們到底是怎麼回事！」然後，我大發雷霆朝他怒吼：「我跟你講不通！我要跟阿稔說！叫阿稔聽電話！」阿猛也說了些什麼，但是後來響起公用電話時間截止的沉悶嘟聲，電話就斷掉了。

我立刻打電話給阿稔，但是打不通。那一帶是深山，所以手機大概收不到訊號。那邊若是打公用電話，我只能乾等著。但是或許因為我之前的反應，阿猛遲遲沒有再打過來，所以心浮氣躁的我氣得把整個電話一扯，線都被我扯斷了。這下子他就算想打來也打不了。

但這樣下去也不是辦法，於是我把店交給工讀生，自己趕往蓮美溪谷。從我家開車要將近一小時。結果等我抵達時，狹小的道路已停滿一整排的警車及救護車。消防隊和警局的人全都出動了，大家都拿著擴音器此起彼落地吼叫，我從小也來過很多次，但我從未見過那樣的情景。

你說阿稔？唔，他已經委靡不振。眼神都變得很奇怪。以前我家養過一隻雜種狗，在外面亂撿髒東西吃，結果死掉了，牠臨死的時候，已經認不出我們是誰。阿稔就跟那隻狗當時錯亂的眼神一模一樣。我問他出了什麼事，他只是翻來覆去說「滑倒了，滑倒了」，沒完沒了地嘟嘟囔囔，聽得我一頭霧水。阿稔本來就是那種有麻煩自己默默扛下的性子，所以無論是工作或家裡的事，我向來也是通通交給他，但這是第一次，我居然在想，不能指望阿稔了，仰賴次子可能比較好。說是仰賴，或許用咬著他不放來形容更正確，不過阿猛雖然冷靜，畢竟當時據說他和二人距離很遠……。呃，他在過了橋的另一頭。他說過橋後，他已經信步走到山中相當深的地方了。所以，阿猛說他也不太清楚到底是怎麼回事。他說他也沒想到阿稔竟然會走上那座吊橋。不過，這點我也有同感。阿稔那小子，其實三半規管有毛病。所以他的平衡感很差。因為這個緣故，他從小就討厭高處或不穩定的地方，所以這件事的確很奇怪。掛在我們店門口的時鐘，要換電池必須用上梯子，就連那個他都不敢。僅僅是一米八的梯子喔。所以我還是認為，應該是智惠子慫恿他去走吊橋。

對，阿猛就是這種小孩。就算大家都去玩，他也不肯和別人一起玩。他總是一個人亂逛，想做什麼就做什麼。他自己或許覺得一個人玩更輕鬆，在別人看來卻像是鬧彆扭，所以我從以前就常罵他，說他這樣只會讓周遭的人更擔心。但他就是改不了。他根本不想改。反正這次他肯定又是什麼也沒說就自作主張地自己走掉了。他從來不是那種會提議大家一起走的孩子。說他在對岸幹什麼，我看八成什麼也沒幹吧。當然，出門去山裡玩，想必也不會特別想幹嘛才到處亂走。應該就只是為了隨便亂走才亂走吧。我不知道啦。

總之，阿猛說他壓根不知道二人也隨後跟來了，等他回到吊橋邊，就發現阿稔一個人蹲在吊橋中央，臉色蒼白。

現場出動了大量搜索人員拚命找人，或許我不該講這種話，但我一看現場那狀況，當下就已確信，智惠子果然沒救了。吊橋那麼高，下面的溪流又那麼湍急。看到潛水夫也潛入那麼冷的水中，感覺特別空虛，真的很抱歉。

我和阿稔直到回家之前都沒講過幾句話。他看起來真的受到很大的打擊。不過，我也心煩，而且回到家後緊繃的神經放鬆了，忍不住開始逼問阿稔。你明知那種地方那麼危險，還緊跟著她走過去，你到底在搞什麼鬼！難道你就呆呆地張大嘴巴眼看著智惠子跌倒嗎？——我甚至還對他動手了。我從來沒對老大做過那種舉動。

那孩子，當初出生時只有一千七百公克。他是我的第一個孩子，雖然知道嬰兒都很小，但他實在小得太驚人了。他在保溫箱待了好一陣子，堪稱是費盡心血才保住小命。起初，我甚至都不敢親手抱他。我可是小心再小心，就像處理易碎物品一樣把他拉拔大的。怎麼可能動手打他。不，實際上根本沒有碰過他一指頭。不是因為偏袒自家小孩才這麼說。次子從小就經常被我打耳光戳腦袋。可是阿稔不同，他真的很聽話，從小不管是帶他出去還是坐交通工具，他從來不哭，是個乖孩子。我沒罵過他。反倒是我內人生前非常擔心。說他什麼事都聽父母的，真的沒問題嗎。我內人擔心將來我們都不在了，他一個人能不能活下去。做母親的大概就是會操這種心，忍不住想插手吧。雖然我嘴上說我們犯不著插手，但我心裡其實也耿耿於懷。撫養他到這麼大，這孩子身體倒是變好了，這點值得慶幸，但我做夢也沒想過，就在終於可以安心喘口氣時竟然發生這種事。

但我才抬起手想打阿稔，就被阿猛制住了。阿猛罵我說，現在責備阿稔也於事無補。我明知不該責備他，卻還是忍不住責備不該責備的人。我罵了又罵，好像只要讓別人在眼前顯得比自己弱小，就可以心滿意足。我想證明真正愚蠢的、可悲的人並不是我。我內人生前也經常規勸我：「就是因為你喜歡指責別人，對方才會露出獠牙反擊。」但我聽了立刻怒火中燒，連內人一起責怪：「把別人說得好像不知分寸的笨蛋。妳哪知道我背負的重擔！」因為我覺得好像被人以高高在上的姿態指責，那種時候我就是無法忍耐。

「我當然知道得很清楚。」我內人起初也會這樣反駁，但我會說，不，妳不懂，妳怎麼可能會懂！被我這樣火力全開地破口大罵，內人最後只好投降，就此認命。看到沮喪沉默的內人，我心想，知道厲害了吧！彷彿擊退什麼絆腳石的充實感，會讓我的心情暫時平靜下來。

女人這種生物很奇怪，明明是自己先找碴，卻不肯戰鬥到最後，中途就變得像垂死老人一樣奄奄一息。既然要指責別人，就該拿出徹底擊垮我的氣魄來對決，可她總是忍無可忍地開始反擊，中途就哭哭啼啼拖拖拉拉，改變策略訴求我的罪惡感，那樣實在太卑鄙了。到頭來弄得好像都是我在欺負她，最後，她就那樣子死掉了。

有時我會感到害怕，半夜忽然驚醒，打開被窩旁的佛壇，對著牌位合掌膜拜。刑警先生，如果向死者道歉，菩薩會轉達我的歉意嗎？我還沒有對內人低頭道歉或慰勞她的辛苦，她就死掉了，而且她規勸我的毛病這些到現在我都沒改掉。真的很沒意思。

接到刑警先生的電話，兩個兒子趕往大學醫院，大概是晚間九點半以後吧。等他們回到家已經過了十二點。阿稔雙眼紅腫。他們說已確認是智惠子。我當然很震驚，再一聽還要解剖，當下更是如遭當頭痛擊。太殘酷了。那麼認真、從來沒給任何人添過麻煩的年輕女孩，死後居然要光溜溜躺在陌生人面前，任由身體被切割，這也太慘了吧。誰受得了啊。對於川端太太，真的很過意不去，我只覺兩眼發黑。

川端太太，呃她現在是……市井太太。沒錯，市井太太。我真的沒有臉見市井太太。她吃了這麼多苦，一直靠她一個人把智惠捧在手心撫養長大，如果早知道會發生這種事，當初就不該同意讓智惠子來上班。畢竟認識她母親，臉孔會不自覺閃現眼前，真的很難過。她母親是很賢慧的太太喔。雖然不起眼，但是向來把自己打理得乾乾淨淨。這點打從她老公還在時就沒變過。從沒聽過她發牢騷，也不是那種會講鄰居壞話的人。肯定精神壓力很大吧。她一直在工作，好不容易小孩長大了自己也再婚了，本來正是可以鬆口氣享福的時候。

你說阿稔與智惠子？沒有，從來沒提過這回事喔。畢竟這年頭和我們以前的時代已經不同了。必須孩子們自己有意願才行。這不是周遭的人可以干涉的事情。當然，我內人是經常開玩笑跟我提起這件事啦。她說智惠子如果能嫁來咱們家，肯定就不用擔心阿稔了。因為智惠子是個很溫柔、很有教養的女孩子。她母親也吃過不少苦，智惠子大概也在成長過程中一直忍耐吧。每次我有事拜託，她總是毫無怨言一口答應，最後甚至還接送我內人往返醫院。我雖然嘴上斥責內人的戲言，其實心裡也覺得，要是她真能嫁進來該多好。

不過，智惠子就這年頭的標準而言，好像對男人有點不開竅，或者該說是怕男人？她總是和我保持一定的距離。對待來加油的客人也是，若是女客人還好，碰上男的她往往戒心很重，看起來有點冷淡。她明明是個很可愛的女孩，居然不能發揮吸引男客的作用，真是傷腦筋。

所以，她當然不可能自己主動表態要嫁來我家，況且阿稔那邊也好不到哪去，雖然他看起來不反對這件事卻又莫名其妙地有點退縮不前，真是沒出息。偶爾我實在擔心得看不下去，對阿稔嘀咕：「智惠子會不會已經有男朋友了？」反倒被阿稔罵。他說那樣算是職場性騷擾叫我要小心一點。那太奇怪了吧，刑警先生。我又沒有對她怎樣。那是我看著長大的小女孩。比起一些親戚還要更熟悉。啊，真的會構成性騷擾啊？這樣啊。

不過，由此可見，阿稔應該也很在意她的感受吧。他們從小一起長大，所以阿稔像小時候一樣把她當成妹妹愛護。智惠子也是，雖然對我和年輕的工讀生退避三舍，對阿稔倒是比較親暱。完全看不出異狀。這點我敢斬釘截鐵地保證。請你相信我。

守靈夜和告別式時，我都讓我兩個兒子盡量幫忙了，但我還是對她母親有點愧疚，光是去上香就已用盡勇氣了。她母親再婚後有段時期胖了一點，可是現在看起來明顯憔悴了不少。跟我真的是只有簡單打個招呼。當我對她鞠躬道歉時，她還說是自家小孩不小心，反而還謝謝我這些年的照顧。

之後我留下兩個兒子，自己先回加油站去了，晚上就交給隨後回來的阿稔，自己提早下班。我還是不知道該跟阿稔說什麼好。回到家門前，看到屋裡有燈光，是次子回來了，他大搖大擺從客廳出來迎接我。當然，我和這個孩子還是一樣八字不合，但他自己先開口了。他說明天就要回東京。他還說，想必很辛苦，但你要打起精神。

仔細想想，這次幸好有次子這小子在，幫了不少忙。不管怎麼說畢竟是親兄弟吧。做弟弟的，也在拚命支持哥哥。

至於阿稔，他出生時就像我前面提過的身子孱弱，所以等他大了一點後，動不動就引來周遭的擔心，可他很聽話，又能夠體貼入微地關心別人，所以我老爸老媽在世時也很疼愛他。我媽每晚睡前拜拜時他也會跟著拜，口齒不清地拚命背誦佛經，我媽當然會很看重他。我媽當時還說，這孩子的德行好，將來可以去當和尚。

其實阿稔二歲時，我內人又懷孕了，是個女兒，但這孩子一出生就夭折了。我從小家裡只有兄弟沒有姊妹，所以也一直很期待能生個女兒。雖然還想再生，可是第一胎的阿稔是那樣，第二胎又夭折，弄得我和我內人都喪失自信了。所以懷了次子時與其說開心，其實首先感到的是憂慮。結果他比其他嬰兒的塊頭都大了一圈，因此讓我內人碰上了難產，但總之他健健康康出生讓我們鬆了一口氣，心裡都想著，啊，到此為止就夠了。感覺上全家人都已精疲力盡了。給他取「猛」這種威風凜凜的名字，也是因為在那種情況下，只祈求他能威猛長大。

幸好，這個小兒子的確很強壯，所以難免會比較不注意他，當然也不是不疼他，只是多少覺得就算不管他也不要緊。他自己也是，比起讓爺爺奶奶在家念故事書給他聽，跑出去做危險的行為好像讓他更開心。他經常把鄰居小孩弄得哇哇大哭，或是在田裡胡鬧，他爺爺奶奶和我們夫妻，沒有一天不對阿猛大呼小叫。其實我們並沒有對阿稔偏心，但在阿猛看來大概是這樣吧。明明是他自己不喜歡被大人管，卻又有點委屈的感覺。

所以比起無意識中特別照顧阿稔的我們，阿稔自己對阿猛更在意。阿猛的塊頭大，吃東西時阿稔一定會把小塊的留給自己，阿猛做壞事被大人斥罵或戳額頭也照樣沉默如石，阿稔卻會替他辯護。所以阿猛也一樣，唯有對哥哥的態度好像有點不同，對於我們的責罵，阿猛從小就完全不怕，他只是保持沉默用充滿恨意的眼神回瞪大人，但是如果阿稔中途插入替他辯解，他就會忽然開始掉眼淚。簡直不可思議。

剛才我不是提到阿稔的三半規管嗎？記得他小學運動會的時候，不是有障礙賽跑嗎？那個走平衡台的項目可難倒他了。他一再重走還是從半路掉下來，最後老師悄悄對他耳語，叫他不用重走了，他才害羞地以最後一名的成績跑完全程。看到那一幕，據說阿猛的同學模仿阿稔從平衡台掉下來的樣子故意耍寶。這下不得了。等我接到學校通知趕去一看，阿猛的雙手雙腳都被男老師壓制住，但他還在對被他推去撞單槓弄得頭破血流的同學吐口水。

當然，他的做法太誇張並不值得褒獎，但他畢竟是弟弟，還是有維護哥哥的心態吧。阿稔很沮喪，後來好像還在我內人面前哭訴，他說都是因為自己沒有事先好好練習，才會讓阿猛這麼可憐。

我只對阿猛說，辛苦了，你也要加油，然後我就準備睡覺了。那晚我很早就陷入沉睡，連阿稔回來都不知道。因為打從智惠子過世那天起，我幾乎就沒安心闔過眼。

隔天，我早上起得早，五點半就起來了，一邊給院子的花木澆水，總算找回原本的生活步調，稍微鬆了一口氣。六點半左右回到屋裡時，阿稔果然一如往常已經起來了，他煮了早餐。

談不上有什麼對話，畢竟是一大早，況且我們父子平時就沒有那麼親密，但我還是有點在意前一天的事，所以我記得我問他，智惠子的母親是否還好。因為阿稔他們後來還跟著去了火化場。目睹自己的孩子身體化為灰燼，想必很痛苦。身為父母，大概都想避免那種情形。阿稔只簡短回答「她很堅強」，我也沒有再繼續這個話題。

雖然他有點沉默，但是剛發生那種悲劇，他那種反應也是理所當然吧。我自己就是這樣。壓根不想跟人閒話家常。但我們還是講了兩三件店裡的事，真的是很公事公辦的感覺，和平時沒啥兩樣，而且他的語氣也很鎮定。雖然沒有超乎必要地聒噪，但也沒有讓我覺得不對勁的氛圍。

我比阿稔先去上班。

早班是我和工讀生洋平。岡島洋平。幾歲啊……大概二十二或二十三吧。他四年前來應徵，起初簡直糟透了。因為他以前是不良少年嘛。說不定你們警局也有人認識他吧。沒想到他居然堅持做下來了，還慢慢取得了汽車維修技師的資格，現在已是相當能幹的好幫手。

沒想到洋平一大早就帶著漆黑的太陽眼鏡來上班，我還警告他說怎麼打扮得怪裡怪氣，我們做的可是服務業，拜託別鬧了。但他只是嘿嘿笑，就是不肯摘下墨鏡。我罵他還好意思笑什麼笑，但他古怪地把臉背對我。我再仔細一看，從墨鏡的邊緣可以窺見他的眼皮紅腫。我覺得奇怪，想去摘他的墨鏡，但洋平用力握住我的手。我這才發覺他的態度很不對勁。我心想這小子居然還敢對我擺出這種態度，氣得甩開他的手，說：「八成又去打架了是吧。總之你先貼著ok繃，把那玩意摘掉。」說著，我忽然覺得不對。前一天，我離開加油站後，晚班只剩阿稔和這小子。我心想，該不會是出了什麼事吧？結果洋平說，

「是我去參加聯誼被女朋友發現慘遭修理。太丟臉了。」

我認為他在說謊。雖然他經常說謊，不過這小子說謊的技術很差勁。這時洋平打斷我的下一句話，居然自掘墳墓。

「店長，沒辦法啦。碰上這種非常時刻，就是會發生這種事。」

我當下明白，他是在說阿稔。

「墨鏡我會摘下。所以請不要再追究這件事。」

雖然他說謊的技術很差，但是緊要關頭向來有話直說，這種時候的說話態度，有種令人無法反駁的分量。那大概就是所謂的「威嚇力十足」。可能是不良少年時代的產物吧。所以到頭來我還是沒搞清楚出了什麼事，雖然心裡多多少少有點不安，但我還是決定聽從洋平的意見。

阿稔來店裡時已近十點。他一如往常地抵達，一如往常地工作。我當然還是對剛才的事有點不放心，但我勉強忍住繼續工作。

尤其是洋平與阿稔之間也沒有什麼異狀。這本來就不是大家會擠在一起做的工作，頂多是有必要時才會對話，其他時間都是各做各的工作。這也是一如往常的做法。

那位客人上門，大概是十一點半左右吧。每次那輛皇冠出現我都會心情很差。那傢伙也不好好工作整天遊手好閒，大白天就開車到處跑。那輛皇冠，八成也是接收他老爹的舊車。他經常來我們加油站莫名其妙地找碴，所以真的很受不了。做法事那天他來抱怨也是說什麼我們洗車把他的車子刮傷了，簡直胡說八道。我從來沒聽到其他客人這樣抱怨過。為了這種問題賠錢給他，已經不是一兩次了。不過說也奇怪，多虧有那個蠢貨來找碴，我和洋平的關係倒是變得比較好了。俗話說什麼敵人的敵人就是朋友，我之前就和那個客人吵過架，後來洋平也和他槓上，那種奧客，根本應該禁止他進入加油站——我倆在這點達成一致的意見。但阿稔那小子總是和顏悅色應付他，所以他也變本加厲越發找我們的麻煩。現在就連沒事也會跑來。

所以我和洋平就算看到那傢伙來了也懶得去接待。對方好像也不會在只有我和洋平時出現。感覺上，他把智惠子當成好騙的獵物，阿稔則是他的最愛。

所以當時也是，我剛發現他又來了，阿稔已經跑過去了，我心想那人就算耗上很久，應該也不至於惹出麻煩，於是去洗客人寄放的車子，而洋平也鑽到要修理的車子底下。

感覺上不是「咯鏘」，是「碰！」那種悶響。

對，我沒有親眼看見。因為聲音很大，我覺得奇怪才轉頭，只見洋平已踹開他原本躺著的輪台車，朝皇冠衝過去，整個人朝阿稔撲上去。我一時之間搞不清楚怎麼回事，還以為是洋平又想起昨天的事，對阿稔發飆了。但是再仔細一看，被洋平抱住的阿稔，反手握著加油槍，正對著駕駛座咆哮。皇冠的擋風玻璃已經像蜘蛛網一樣粉碎，那個男人在車內一臉驚恐地縮成一團。我暗叫不妙，連忙也想跑過去，但中途嚇得腿發軟，身體不聽使喚。因為阿稔那孩子瞪大雙眼，發出我從未聽過的咆哮。那種字眼居然會從阿稔的嘴裡冒出來，我到現在都懷疑自己是否記錯了。簡直毛骨悚然……不，那個，請別讓我重述。很抱歉。

警察趕到之後，表情有點古怪。因為當警察抵達時，阿稔已經安靜得彷彿之前只是一場夢。

幸好客人並未受傷，但或許是驚嚇過度，過去為了車身上一根頭髮那麼細小的刮傷都要再三抱怨的人，現在整片擋風玻璃都被敲碎了，居然很反常地溫順老實，什麼話也沒說，乖乖坐上我叫來的車就走了。

警方絕對沒有強迫，但是阿稔主動表明「對方妨礙我做生意，麻煩你們」，對我們點個頭就坐上警車跟警察走了。

以上就是我所見到的阿稔。

恕我囉嗦地再次強調，那孩子，和我們不同，他本來就不是那種容易衝動的個性。除非發生什麼天大的事，否則他向來很壓抑自己的情緒。

如今想來，察覺洋平受傷就是事件發展的轉捩點。後來我硬是追問，洋平才說智惠子喪禮結束的那晚，洋平把自己的工作失誤向阿稔報告時，阿稔突然抓起玻璃菸灰缸對著他的臉孔砸下去。我簡直無法想像。如果我早一點問清楚，就會讓他暫時請假直到精神狀態比較穩定再說。這樣的話他也不至於對那個客人動手，更不會被警察帶走發生那種事了……不，我的意思並不是說他應該保持沉默別說出來。如果阿稔供述的是事實，那我就算讓阿稔情緒穩定下來，或是就那樣放任不管，同樣會是很可怕的事情……唉，我到底在說什麼，對不起。我也有點混亂了。

不過刑警先生，阿稔他真的，真的說人是他殺的嗎？

我反倒想問，你們到底對那孩子說了什麼？

智惠子已經死了好幾天了，所以這表示我和阿猛都被阿稔騙了好幾天？我不相信。

一切都變得亂七八糟。對於川端太太，也不是光說對不起就能了事。

不過，我也是看報紙才知道，阿稔說在吊橋上時，他伸出去想扶智惠子的那隻手，被智惠子「惡狠狠拍開」，那是真的嗎？

智惠子到底為什麼非得對阿稔做出那種事情？這太奇怪了吧。如果她是把阿稔「想推她下去的手」「惡狠狠拍開」那我還能理解。問題是，並不是那樣。阿稔沒有試圖那樣做吧？那她幹嘛要拍開他的手？被人那樣無禮地對待，任誰都會生氣。你說是不是？大家都覺得無論對阿稔做什麼、說什麼都沒關係。大家都以為會被原諒。智惠子也一樣，雖然在我們面前乖巧聽話，但她在阿稔面前誰知道又是什麼德性。阿稔不可能帶她去走那麼危險的吊橋。那一定也是智惠子要任性吵著要去。她太瞧不起人了。她老爸搞外遇不告而別，所以從以前我們家就處處給她方便照顧她。結果做母親的和做女兒的都一樣，只在乎外表的體面，肯定內心有點扭曲。我不相信阿稔有殺死她的念頭。他只是對於已經發生的悲劇感到自責內疚。那樣難道也算殺人？

那孩子怎麼可能是殺人兇手！

太過分了。那可是要人命。內人沒看到這種混亂就已死去，真是萬幸。

你說次子嗎？他已經知道了。那小子也啞口無言。不過，他說要去找我哥幫忙。對，我有個哥哥，現在住在東京當律師。我自己很少和他打交道。聽說自家人也可以當辯護律師。次子果然在外面遼闊的世界混過，不知不覺比我懂得更多，意外地可靠。現在那是唯一的指望了。

刑警先生，阿稔現在怎麼樣了？他過得還好嗎？

不了，我還是別去看他比較好。我怕自己不曉得會說出什麼話。

智惠子不在了，那孩子也不在了，我們加油站突然只剩下我與洋平二人，雖然是這種鄉下小店，光靠二人支撐還是很辛苦。回到家也只有我一個人，要吃飯時連電鍋該怎麼用都不知道。也不知道米放在哪裡。真是窩囊透頂。

唉，我覺得好累。以往唯一自豪的就是體力好，沒想到過了六十歲，連體力都靠不住了。刑警先生工作起來也日夜不分，一定很辛苦吧？你不在乎？年輕就是好啊。哪像我，已經精疲力盡了。

第四章

早川修的獨白

「被告人，平成十七年十月二日下午二點左右，於〇〇縣桶川町蓮美五番十號所在的吊橋（高十五公尺），將手放在走在被告人前面的川端智惠子（時年二十八歲）肩上想要扶持該女，卻被該女惡狠狠拍開他那隻手，導致一時情緒激動，秉持殺意用雙手推向該女肩膀致使該女摔倒，衝擊過大導致該女從破損的繩索與橋板的縫隙間，掉落該吊橋下方的蓮美溪，因此在該時該地造成該女溺死加以殺害。罪名及罰則爲殺人。根據刑法第一百九十九條……」

這是本案被告人早川稔的起訴事實。

內容幾乎與阿稔被捕後當地報紙報導的本人自白內容完全一致，遭到羈押後，即便是檢方做的調查，當事人的自白內容也一貫沒有變化，因此我不得不推測，早川稔的殺人事實恐怕是確鑿無疑了。

我得知這起案件，是在他被捕已經過了半個月之後。我事務所訂的報紙都是全國版，事後調查，社會版的角落的確有刊出小塊報導，但那天我忙於工作，不小心看漏了。不過就算當日我看到那篇報導，恐怕也不見得一眼就察覺報導中的殺人命案嫌疑人是我的親侄子。我們比起一般市民有更多機會接觸與犯罪有關的事情，但俗話說得好，丈八燈台照遠不照近。

「早川稔」這個名字也是，雖然就發音而言的確和我的名字感覺很接近，但是乍然看到這幾個字還真想不起來這是誰。去年秋天我弟媳婦過世，我出席了喪禮，但我甚至是靠出席的女性告知那是阿稔才總算搞清楚他是誰。後來我不想待太久，雖然有點心虛還是匆匆離去，與他正經交談應該已是將近二十年前的事了。

毫不知情的我一如往常去拜訪客戶回來時順便喝了一杯，回到事務所，看到秘書留的字條寫著「早川猛來電。需聯絡」，旁邊還寫了手機的號碼。當然對這個名字也一樣，在我能夠念出那個字是「TAKERU」之前完全沒想起對方是誰。

不過去年參加喪禮時照理說也沒見到人，但這個阿猛的臉孔我倒是不可思議地可以清楚回想起來。不過，那也是他小時候的長相。現在不知道已經幾歲了。

不過，平日幾乎沒打過交道，忽然叫我回電給他未免也太沒禮貌了吧，我心裡暗自想著，卻又在好奇心驅使下還是撥了那個電話號碼。

「喂？」

對方的聲音很不客氣，似乎心情極壞。也沒有先報上姓名。我甚至有點不安，怕自己打錯電話，當下，我懷疑自己認定對方是侄子是否根本是個誤會。

「請問是早川先生嗎？」

「是。」

「我是早川修。聽說您打過電話給我。」

「蛤？」

「我這裡是早川法律事務所。您曾來電……」

「啊！伯父？是伯父？抱歉抱歉，是我啦，阿猛。不好意思。」

「你光說『是我』誰知道你是誰啊。都多少年沒見了。」
「嘿嘿嘿，是啊。伯父最近還好嗎？」
「不好。醫生老是說我膽固醇過高。美食吃太多。」
他變得很成熟的聲音令我感到陌生，但我們很快就打破隔閡變得很熱絡。是的。我跟這孩子，不可思議地投緣。
但阿猛沒有多說廢話，立刻切入正題。
「伯父，你是不是……還沒有聽說？」
「嗯？出了什麼事嗎？」
「嗯。那，我想去拜訪您再當面說。」
「怎麼了？你在外面欠了債？」
「不，不是那樣。明天伯父有空嗎？」
然後隔天他就拿著那篇報紙報導忽然出現在我的事務所。

根據阿猛的主張，阿稔之所以自白，是警方在偵訊過程中施加精神壓力，激發他對川端智惠子之死的自責，導致他做出不實的自白，實際上那純粹只是一起「墜橋意外事故」。

然而，自從川端智惠子死亡那天以來，警方似乎並未要求阿稔再度到案說明事情經過，關於後來導致阿稔去警察局的那起加油站騷動，也是加油站的員工自己打電話報警，移往警局聽取事情經過也完全是在阿稔的主動同意下，所以難以認定是警方在蓮美溪谷墜橋事故發現不透明的疑點後才對阿稔產生懷疑，刻意安排所謂的另案逮捕。換言之，本案早已被斷定為「意外事故」，他應該並未成為警方急紅了眼尋找犯人的目標。

可是阿猛說，就算沒發生冤罪案件常見的遭到偵查人員「屈打成招」，就阿稔的性格特徵判斷，也絕對有可能主動告白自己犯下殺人罪。

「被我老爸狠狠指責後，他一時昏了頭。看起來非常沮喪。他受不了那種罪惡感。」

「哪方面？對什麼的罪惡感？」

「罪惡感」這個字眼勾起我的好奇。根據阿猛的說法，阿稔有嚴重的懼高症，提議走吊橋的應該是智惠子，但在並非自己主動要求去走的吊橋上，對於智惠子失足跌落的單純意外，一般人會抱持如此強烈的罪惡感嗎？不過按照阿猛的說法，那好像正是我們難以理解的「阿稔這種人」的特徵。

據說阿稔被捕後，面對我弟弟找來的值班辯護律師，他也堅稱「一切正如我對刑警先生陳述的事實」始終不肯接近律師。阿猛認為那樣不是辦法，所以最後才會找上我求助，但阿猛沒有立刻在電話中表明目的，大概是覺得和我這個嫡親伯父（而且是法律專家）長年沒有聯絡有點心虛。因此他理所當然以為會被我劈頭痛罵「為什麼事發後沒有立刻來找我！」，但是聽到新聞的我，身為他們的伯父居然沒有任何悲痛的反應，對於阿猛堅信兄長清白的主張也始終抱著消極態度，這種反應似乎令阿猛很不安。然而老實說，我也沒有富裕到可以隨便接下這種刑事案件。而且殺人命案這種大案子碰上嫌疑人自白就已夠棘手了，何況還要在法庭上推翻之前的自白，這是冒著不知會耗上多久時間的危險賭注。就算涉及自家親人，也不是我會樂意主動接下的案子。問題是，如果親侄子背上殺人罪名真的去坐牢，我身為律師的職業信用度恐怕也會受到不小的影響。況且主動要求擔任辯護律師卻慘遭敗訴的情形，也是我無論如何都得避免的。可是話說回來如果全心投入這個案子，民事訴訟的客戶那邊必然會疏於應付招致客戶不滿，肯定還會被挖苦一兩句。總之不管怎樣，於我而言都已變成燙手山芋。

「傷腦筋。伯父，你的侄子都要變成罪犯了，你卻蠻不在乎。」

「你說話真難聽。這叫做對人類的可能性寬容以待。」

是的，我們接手處理的，往往都是人際關係及社會中浮現的黑暗的那一面。長年來我早已習慣親近那個部分，而且一直靠那個混飯吃。一如蛀牙如果從這世上消失牙醫就會枯竭，這世上如果少了黑暗的那一面，我也會餓死。所以我對黑暗既沒有過剩的厭惡感，也沒有企圖否定它存在的意識。我只是定睛睨視黑暗中是否能挖出透光的隧道，尋找那個契機罷了。

我戴上老花眼鏡，打量阿猛聲稱在溪谷拍攝的黑白照片與底片。那上面映現的川端智惠子，略顯憂鬱的大眼睛相當有魅力。與阿稔並肩含笑的表情沒有絲毫陰霾，看起來就像一對幸福的夫妻。

「重點在於這是否構成殺人罪吧。簡而言之，就是阿稔到底有無殺意。如果是抱著把她推下去害死她的念頭才推她，那就是殺人罪。必須去坐牢。如果無意殺她，卻想著如果把她推下去或許會死，一邊還是故意去推她，那樣也是殺人罪。如果想著推她一把傷害她，卻沒想到她會掉下去死亡，那就是傷害致死罪。這樣的話或許可以判處緩刑。總之不管怎樣都很微妙。」

「就跟你說不是那樣。我哥是無辜的。」

「你有什麼根據這麼說？阿猛，法律不會靠臆測去行動。對手也會呈上種種證據。要主張阿稔的無辜沒問題，但我們也得有那樣的證據才能戰鬥。話說回來，你當時沒有親眼目睹吧？」

「沒有。」

「要是你親眼看到就好了。雖然親人的證詞可信度也很微妙，但是除此之外恐怕也很難找到其他證據。不過，你沒看到或許也好吧。」

「這話是什麼意思？」

「因為如果真的發生了這篇報導描述的事情，而且就在你眼前發生，你肯定也會瘋掉。」

結果阿猛聽了慢條斯理站起來，從裝照片的信封取出一疊鈔票放到我桌上。秘書和實習生就在不高的隔間板外，我真希望他別來這一套。

「伯父，我可是打算背水一戰。那畢竟是我唯一的哥哥。」

阿猛說著再次把手伸進信封，當著渾身僵硬視線游移的我面前，又放上另一疊鈔票。

「還是你蹣跚學步滿地亂跑的時候比較可愛。真令人懷念。」

緊貼玻璃窗外的高架橋上駛過的電車發出刺耳噪音，蓋過我說的話。

阿猛臨走時，我說出一句個人感想。

「阿猛，你和你哥感情真好。」

這樣說或許有點冒昧。見阿猛沉默不語，我怕他萬一以為我是故意諷刺那也很麻煩，於是連忙含糊帶過「算了沒事，就是普通兄弟吧」便把他送走。

我從來沒像他現在為了自己哥哥做的那樣，為我弟弟阿勇燃起什麼意圖。早川勇是他們的父親。我的弟弟。

我二十二歲時，自家鄉的大學經濟學系畢業，繼承了當時賣木炭的燃料店家業。對於生為長子的我而言，那是打從我記事起便已有檯面下的默契，被視為理所當然的未來出路。而我之前就一直被大人吩咐幫忙打理生意，所以也沒什麼抗拒感，老老實實就去工作了。但某次與學生時代的友人重逢，聽說他正準備報考司法考試，我頓時也產生興趣，就當作是替每日一成不變的生活開一扇窗透透氣，我開始抱著玩票的心態念書。沒有背負任何人的期待，已有穩定生活基礎的我，完全沒有所謂的壓力，也沒有非考取不可的心態，毋寧是因為我的人生毫無目標，所以想把那當成永遠不會倒塌的高牆來挑戰。

然而明明是這麼想，第一次報考落榜卻刺激了我的好勝心。我本來就還算會念書，再加上又是容易鑽牛角尖求好心切的個性，本來只是為了打發時間才唸書，不知不覺卻開始動真格，起初只把考取當成目標，漸漸卻認真起來，開始感到法律方面的工作頗具吸引力。結果等我考取時已經二十八歲了，但我完全是土法煉鋼自學成才，所以我想這已經算是相當神速了。

在鄉下繼承祖傳木炭店的父母，與律師或檢察官這種職業八竿子扯不著關係，我也從未對父母隱瞞自己在準備司法考試之事，但他們並未表露太大關心，只當成我個人有點古怪的興趣。所以等我真的考取，宣布要離家當律師時，父母真的是大吃一驚。

當然我與父母起了爭執，也遭到反對，但是幸好自東京某大學畢業的弟弟正在為出路發愁。當時正值高度經濟成長期，進公司並不困難，但弟弟應徵的每家公司都待不久，往往發生人際關係的糾紛，大學畢業後短短二年已經換了四家公司，父母都對弟弟的生活感到不安。我向父母攤牌時，弟弟正好又在找新工作，正是徬徨的時候。

我本來就對說服別人的口才頗有自信，我滔滔不絕加油添醋地向父母說明律師這個行業的社會地位有多麼高，而且還能幫助弱小，是多麼高尚的神聖職業，幾乎是以連哄帶騙的方式離開家。那時，我已經辦好了前往湯島的司法研修所進修的手續。而我弟弟和我交換，被叫回老家，之後不得不跟在我父親的身邊繼承家業。

我當然不是一開始就打算讓我弟弟當替死鬼。我只不過是順應時勢。但弟弟理所當然地認為「被我搶先暗算了」。我從來不討厭弟弟，但是對於死要面子、任何事情都喜歡一板一眼看待的弟弟而言，我這種樂天派的個性似乎很礙眼。弟弟這種個性其實頗有我們生長的封閉性盆地的特徵，但他自己從年輕時就有強烈的意識想離開家鄉，硬是逼著父母答應讓他去念東京的私立大學，偶爾回來時也是全身上下都穿著有點花俏的流行服裝，隱約帶點驕傲。但我本來就對都市沒有特別的憧憬，看到貧窮又瘦巴巴的弟弟頂多也只會擔心他那樣有無問題，一點也沒露出艷羨之色，這似乎也令弟弟恨得牙癢癢的。到頭來的結果就是這個，被他這麼認定也沒辦法。

眼見弟弟忿忿不平，父親終於擬定燃料店的經營方案，決定跟隨時代潮流把店面更新為加油站，弟弟勉強同意這個提案，成為老家的繼承人，對於我身為長子卻放棄責任自私地追求自己夢想的職業，他絲毫不肯理解，即使我偶爾返鄉，他也只會嗆我這個律師「居然替做壞事的人撐腰」向我挑釁。沒有任何道理，純粹只是因為過去的舊恨冤枉我。對於這樣的弟弟我當然有點同情，但他總是拿我發洩沒有出口的不滿也很傷腦筋，因此父母死後我幾乎再也沒回過老家。

思考種種事情讓工作效率變得很差，做完工作回到家已近半夜。

一打開玄關大門，迷你臘腸犬貝絲就猛搖尾巴一如往常出來迎接我。我一手抱狗，努力安撫興奮亂叫的狗狗，一邊走向客廳，醒來的妻子浩美出來接過貝絲，臉頰摩娑牠的額頭告誡：晚歸的把拔不需要去迎接喔。

「外面很冷？」

「嗯。氣溫變得很低。」

「嗯——真討厭。」

「怎麼了？」

「明天早上要丟垃圾。」

「好啦。給我。」

「哎呀，不好意思。」

我從妻子手裡接過公寓垃圾集中處的鑰匙，兩手拎著大垃圾袋再次走向玄關。出門時妻子從屋裡喊著「等一下！」又拎著一個忘記扔的袋子跑過來。我保持回頭的姿勢，對她開口：

「我跟妳說。」

「嗯？」

「出了一點麻煩事。」

「嗯。」

妻子壓低音量。這是她做好心理準備時的暗號。

「我侄子惹上官司了。是殺人罪。」

「啊？」

「我決定替他辯護。他現在人在老家那邊的拘留所。今後我可能會經常出差。」

「知道了。」

妻子雖然表情有點僵硬，還是朝我挑起嘴角，然後把追加的垃圾袋掛上我的手腕。

這是我的第二任妻子。我來到東京取得律師執照後的那五年，受雇於某律師事務所當律師。三十三歲時，我娶了當時在事務所擔任秘書比我小五歲的女子。她的夢想據說就是和擁有正當職業的男人結婚，稱職地輔佐丈夫，做個守護家庭的好妻子。七年後我們離婚了。生不出孩子或許也是原因之一。對於她兢兢業業的努力與忍耐，我無法付出對等的回報。換言之，我不像她對家庭擁有那麼大的興趣。我們漸感空虛，喘不過氣，最後是她先受不了。這是常有的情形。

現在的妻子是我離婚很久之後，應友人之邀加入網球俱樂部後認識的。我本來意興闌珊。對那種短褲配短襪的裝扮實在很排斥。她是鋼琴老師，足足比我小了十六歲。至於我倆為何會開始交往，是因為她也有同樣的困擾，總覺得網球不合脾性。如今我倆去旅行，即使飯店有網球場，我們雙方也絕對不會冒出「要不要打網球？」這種話。

交往後不久，我覺得讓年輕小姐心懷期待吊人家胃口也不厚道，於是鼓起勇氣坦白：「我是抱定父母在世時絕不再婚的主意。我已經厭煩了把別人拖下水。」結果她聽了很爽快地同意，「的確如此。我也沒那個勇氣去見你父母，忍受種種臆測。」而且她接著也和盤托出：「其實，我的身體無法生育。更年輕時卵巢就出了問題。所以我沒必要急著結婚，況且光是找到能接受這個條件和我結婚的人就很不容易。」那一刻，我心想，將來就和這個女人結婚吧。

我們是在我父母死後立刻成婚。那時我已是五十歲的知命之年。她三十四歲。距離我們相識已過了七年。

之後又過了十五年，如今妻子也已是中年人了，但她依舊在當鋼琴老師，有時把學生叫來家中，有時自己去學生的家裡上課。她似乎壓根不打算成為什麼賢妻，經常出去上館子或是買外面的熟食，也幾乎從未認真打聽過我工作上的事。就算有，頂多也只是抱著愛看女性八卦周刊那種歐巴桑的好奇心，聽聽我偶爾接刑事訴訟時遭遇的藥物中毒被告人的奇行，或者非法居留的外國人的家庭問題。但不可思議的是，因為她不肯扮演「賢慧的妻子」，反而讓我成了一個顧家的男人。

丟完垃圾回來，妻子正在替我加熱最近她精心研究的雞湯。我一邊小口啜飲，一邊把雞肉分給跳到我膝上的貝絲，貝絲津津有味地吞下後，撲上來猛舔我的嘴唇。雖然妻子抱怨「老公，讓狗舔嘴巴聽說會得奇怪的病喔」，問題是上哪去找這麼愛慕我的人。貝絲是五歲大的母狗，換算成人類的歲數大概已經快四十了。我想像這如果是個三十幾歲的兒子，或許就無法擁有貝絲帶來的和平。得怪病起碼還好一點。

阿勇也不容易啊，我不禁嘆息。有孩子或許是件美好的事，但也等於是在自己的人生又背負另一個人生。我雖然沒孩子，但客觀看待旁人為自家小孩牽扯上的種種麻煩時，往往總會暗自鬆一口氣。我自己的因果報應是自作自受勉強還能承受，只能硬著頭皮去應付，但是想像如果另外還有繼承自己遺傳基因的個體存在，而且還不肯照我的意思去做，我還得負起身為父親的連帶責任，那麼我認為，生小孩果然還是一件自己應付不了的大工程。

「還是貝絲好。乖乖地從來不胡鬧。也不用花學費。也不會帶野男人回家。」

「等你每天帶牠出去散步後再來講這種話吧。貝絲，不可以再吃囉。小心變成大胖子。」

貝絲被妻子一喊，從我膝頭跳下。

「是誰來告訴你的？你弟弟？」

「不是。是阿猛。阿稔的弟弟。」

「哎呀，是那個玩攝影的？」

妻子和我這邊的親戚從來沒有直接見過，但她聽我敘述個人歷史及家庭環境後記得很清楚。

「不過，真的發生了那種事？」

「誰知道。不過目前好像沒什麼懷疑的餘地。」

「你的態度倒是很冷淡。」

「阿猛也這麼批評過。說我蠻不在乎。但我就算感情用事也無濟於事。正確的唯有已經發生的事。」

「可是實際上你的確很沒人情味。」

我沉默，啜飲熱湯。

「那邊應該很冷吧？我幫你把去年的胭脂色羽絨衣拿出來。」

「那件太招搖了有點不好吧。」

「哪會，明明好看得很，沒事。」

妻子說完就帶著貝絲回臥室了。妻子向來主張自己的事自己解決，現在居然會替我準備外套，明天該不會要下雪了吧？貝絲黏稠的口水，在我的膝頭發亮。

＊

我帶著實習生伊賀搭乘特急列車。從終點站換乘普通車，在有支線列車通往蓮美溪谷的車站下車。依靠久遠的記憶朝月台走去，但那裡掛著列車二年前就已停駛的小告示牌。無奈之下我們只好先搭乘公車到能到的地方為止，再叫計程車，總算抵達溪谷，但是這個昔日縣內屈指可數的風景區，雖然地點偏僻好歹也曾有土產店繁華一時的車站周邊，如今竟悄然無聲，不見人影。走進山路後，雜草叢生幾乎淹沒步道，完全呈現深山秘境的樣貌。在這種狀態下，果然不可能指望有其他目擊者。我恍然大悟。

妻子曾勸我穿慢跑鞋出門，但我嫌棄那和西裝不搭，還是穿皮鞋來，結果此舉果然失策。走過堆滿大石頭的河岸，好不容易抵達吊橋邊時，我已是灰頭土臉，一身泥巴。

吊橋邊拉起封鎖線，禁止進入的告示牌封鎖了入口。實習生伊賀是個動不動就愛瞎操心的男人，一看到告示牌就說聲「不能再往前走了」轉身想走，但我命他把告示牌推到旁邊，逕自朝吊橋邁步走去。我小時候是那種只要聽到哪裡有高處或危險的地方就會飛也似跑去挑戰的小孩。這個吊橋上也是，我以前還跑來跑去玩過捉迷藏呢。

但我才跨出第一步，視野猛然搖晃。

啊，不對。我暗想。

我所知道的身體感覺，和實際的身體情況原來已有這麼大的改變嗎？不，這點我承認，但這座橋也同樣的確老朽了。木板橋面到處都已破裂，角落腐蝕破洞，彷彿會把跨出去的腳吸進洞中。腳底的搖晃如波浪傳至身體每一處，儘管我拚命試圖保持平衡，身體還是不聽使喚，結果一步沒踩穩弄得吊橋晃動更劇烈了。但我不可能因此停下腳步。我不顧身後的伊賀像小姑子般催我小心，賭上一口氣硬是走到橋中央。

我一眼就認出川端智惠子墜橋的地點。那裡現在拉起封鎖線以策安全，取代破損的鋼索。鋼索依舊保持破損的姿態垂落兩側。一旁的橋板同樣邊緣破損難以立足，我戰戰兢兢走近，把繩索拉過來檢查。繩索並未斷裂，本來就是二股繩索用金屬扣環綁在一起以便行人有東西可以抓。繩子結合處的扣環螺栓風化老朽導致鬆脫，正好加上人體的重量，於是繩子倏然脫落，本來綁好的地方解開。因此造成缺口，智惠子的身體就從那裡掉出去了。如果這條繩索沒有破損，雖是危險的吊橋，多條交錯充當欄杆的繩索與繩索之間，應該還不至於讓一個成年人的身體輕易掉出去。而且出事的繩索位置，是其中最低的一排。如果按照阿稔的供述，智惠子是被「推落」的，那麼施加的重量，正好在成年人背部中央的高度，也就是最上面一排的繩索。或者，假設雙方發生爭執，最後變成互相跌坐的姿勢，為什麼偏偏會讓氣昏頭的阿稔推開智惠子身體時，正好推在全長四十公尺的吊橋上，僅有這一處鬆脫的繩索結合點？這個偶然令我無法釋懷。還有，就算阿稔真有預謀的殺意，若說他事先知道這個場所的這個位置的繩索鬆脫才採取行動，那他未免也算得太巧妙了。

不過話說回來，這座橋的狀態，同樣也難以證明阿稔起先報警時對警察說的

「智惠子自己摔落」。

我把還在橋畔附近磨蹭的伊賀叫過來，二人實際演練了幾種「阿稔動手推人」、「智惠子自己失足跌落」的狀況。我明明是讓嚇得半死的伊賀扮演阿稔的角色，他卻自己絆了一跤摔倒在橋上，發出慘叫握緊身旁的繩索。屈膝蹲跪的他握住的是最低一排的繩索，換言之和智惠子當時撞破的是同一排。我心想，有這種可能嗎？「別動！」我當下大喝，讓伊賀保持摔倒的姿勢，朝他絆倒的腳下一看，用來固定橋板的金屬零件突起，有鞋底那麼高。

我低下頭，像要擦過橋面般掃視從邊緣到中央的橋板。結果發現還有好幾個地方的螺絲也突出橋面。我丟下哭喊著好痛好可怕賴著不動的伊賀，再次觀察破損的纜繩周邊，頓時發現前方約二公尺處的橋板中央，有一顆螺絲突起。我急忙抓起掛在脖子上的數位相機，喝斥伊賀，一如往常地讓他教我操作方法。

把伊賀留在吊橋上，我獨自走到對岸後，發現這邊的竹林比那邊的河岸更深邃。沿著獸徑不斷往裡深入，腳底忽有堅硬的觸感，不經意一看，原來地上有淺褐色核桃。這才想到，這一帶有原生的核桃林，小時候我經常撿拾核桃在下方河岸的岩石砸開，狼吞虎嚥那芳香的果實。懷念之情驅使下，我搖晃一旁的樹幹，頓時有一兩顆核桃掉落身旁。我越發開心，連調查工作都忘了，更加用力搖樹幹。這時，眼前突然掉落一團帶有豔紅色的帶狀物。啊！我失聲驚呼，鬆手飛快閃開，但我被潮濕的泥土絆倒，一腳滑落斜坡。只見細長的蛇從小徑落滿一地的核桃之間迅速消失。我已有多少年沒見過野生蛇了？以前我可從來不曾害怕過。

我嘆口氣，一邊檢視弄髒的長褲一邊試圖起身，驀然間，就在我的腰部旁邊出現一叢雪白的野花。我不知道這些花叫什麼名字，多種不同的花為何全都是白色，光是這點就令我深感不可思議，好像那塊土地有什麼特別的養分似的。

樹梢篩落的日光下，那種雪白，令我茫然失神，然後猛然想起。

那張底片。

阿猛交給我的底片，的確清晰烙印反白後變成漆黑的花叢。阿猛當時站的位置就是這裡嗎？我當下環視四周。即將隨著秋意變紅的褪色綠意茂密地環繞四周，唯有下方傳來嘩啦啦流水聲。但起身站直一看，從竹林的縫隙之間，可以看見遠處的伊賀像火柴棒那麼大的身影，雖然被垂落的樹葉遮避只看到一部分，至少可以確認他站的地方是吊橋。

如果，阿猛當時站在這個地點，那麼阿稔二人又在什麼位置呢？阿猛真的什麼都沒看見嗎？

我朝著微微晃動的吊橋上正不安地左右張望的伊賀呼喚。我的聲音被溪水聲覆蓋，於是我再次揚聲。結果伊賀雖然聽到聲音，但他似乎沒發現我藏在樹叢中的身影，慌慌張張四下環視。「您在哪裡！」他的叫聲在山谷迴響，意外容易地傳入我耳中。我定定豎耳傾聽他的叫聲。

盆地天黑得早，搭車回到鎮上時已是暮色四合。

我讓伊賀先回東京，自己為了翌日的會面獨自走向鎮上的旅館。雖是附早餐五千圓的廉價旅館，想到今後可能要一再往返，顯然還是很不經濟。阿猛送來的大筆現金令我眼花，但是到頭來，加上這些開銷恐怕還是賺不到什麼錢吧。老家並不遠。可我就是不想隻身回到如今只有弟弟一個人住的老家。

吃完晚餐，我與阿猛聯絡。他似乎也正好剛結束工作，他說等他安頓好了再打給我，但我表示會長話短說，叫他直接聽著就是。

「阿猛，別怪我囉嗦，你真的什麼都沒看到嗎？」

「……幹嘛這麼問？」

「從你站的位置，應該可以看見吊橋吧。」

「看得見？到底是從哪兒？」

「就是你拍照的地點啊。你不是拍了白花的照片嗎？就從那個地點，你……」

「從那裡看得見橋？」

「雖然只看得到一點點。你沒發現？」

「要是看到了我早就說了。我在那裡時，我哥他們已經過橋了？」

「這我不知道……當時你完全沒聽到什麼不對勁的聲音嗎？」

「大概是那邊的溪水聲太吵了。」

「沒聽見嗎？」

「如果有我應該會注意到，而且肯定早就告訴伯父了。」

「說得也是。如果你站在那裡時，橋上發生了讓智惠子被推落的衝突事件，我想你應該會聽到才對。但你沒聽到。這點千真萬確吧？」

「是的。」

阿猛的聲音，帶有一絲強硬的味道。不過，彷彿要自己打破那個，阿猛嗤鼻一笑的噴氣聲，透過話筒刺激了我的耳朵。

「伯父，你大概以為那種照片隨手都能拍個一兩張吧。實際上我在拍照時必須非常專注。」

我還是覺得有點太巧了。不過，算了。

「好，我知道了。上了證言台，你也敢這麼說嗎？」

「……對。我敢說。我打算這麼說。」

早川猛看到什麼？聽到什麼？真相名符其實在「竹林中❶」。但追究那個不是我的職責。重點是他這個本案唯一在現場的第三者，是否能夠對被告人與被害者之間「不存在爭執」這點發揮證明的作用，僅此而已。

最後，我問他有沒有什麼話要我轉告阿稔，他說打算有空時自己去見阿稔，如果阿稔有什麼想要的請代為詢問。

掛斷電話後，昏暗的旅館房間一片死寂，想到必須習慣這裡，這把年紀了忽然感到有點徬徨。我連夜深都感到憂鬱，早早鑽進冰冷的床單中閉上雙眼。

*

「可是伯父，畢竟還是我的錯。」

隔著面會室中央透明壓克力板看到的早川稔，依然睡眼惺忪，像腹語師一樣幾乎嘴皮子不動地如此說道。

「問題是你的自白內容，很抱歉，在我看來並不透明。我也去現場看過。看起來的確容易失足墜落，但是實際上並沒有那麼容易墜落。我問你，如果是你推的，智惠子當時到底是以什麼姿勢摔落的？」

阿稔保持沉默沒有回答。

「是繩子鬆脫了對吧。那條繩子如果沒有鬆脫應該不會輕易掉下去吧。如果真的想把人推下去絕對推得下去。因為繩子之間的空隙足夠讓一個人的身體鑽過去。但事實並非如此吧。繩子鬆脫對你而言，應該也是意外吧。或者，你早就知道會變成那樣？」

阿稔沒回答，垂落的視線游移不定。

「你想想看一旦判刑確定後你父親和阿猛會怎樣。大家都在祈求你的清白無辜。你必須在法庭上說明為何會那樣自白。」

「讓阿猛花了這麼多錢很抱歉。阿猛不是為了這種事才事業成功的。」

被他提到錢的事情讓我心頭一跳。他的話中帶刺。雖然說話態度異常沉穩，但阿稔顯然不歡迎我。

「如果真的這麼想，就不要讓阿猛的努力付諸流水。」

「其實讓公設辯護律師替我辯護也無所謂。伯父肯定也很辛苦吧，大老遠跑來。」

「別這麼說。我也想做點什麼。畢竟是骨肉至親。」

我自己說著，都覺得肉麻。

「是我任性妄為。真的很抱歉。」

「用不著反省。好好合作就對了。你太自責了。」

阿稔沒回話，始終低著頭。就像被老師叫到教職員辦公室責罵的學生，恨不得趕緊離開這裡，一直不斷偷瞄他身後的出入口。

「距離開庭還有一段日子，所以我們可以慢慢商量。你是第一次上法庭吧？不過，你也不用緊張。大致上的流程都能想像得到。所以我會事先確認你可能被問的問題以及你的回答，我們可以在這裡預演。改天我會把第一次開庭的流程列印出來寄給你，收到後你可以看一下嗎？」

「給伯父添麻煩了。那就拜託您了。」

他最後似乎已整理好心情，認命地朝我深深一鞠躬。

我搭乘下午的特快車回到東京，在事務所寫出要寄給阿稔的預設問答集。

○開庭（法官入場）

○人別詢問（會指示被告人移往證言台。保持起立的狀態）

依序詢問姓名・出生年月日・職業・現住址・籍貫

○檢察官朗讀起訴狀

○法官宣告緘默權

○罪狀認否（以下爲應答範例）

審判長「本席詢問被告人，剛才檢察官朗讀的起訴狀事實，可有不符？」

早川稔「在吊橋上，我與川端智惠子發生爭執，沒有碰到她的手。是她自己沒站穩摔倒，然後就從橋上跌落。」

審判長「起訴狀上的事實不是你自己說的嗎？」

早川稔「和我實際經歷的事實不符。」

………

妻子傳簡訊到我的手機找我一起吃飯。她剛從教琴的學生家出來，據說正好在附近。整整二天都耗在阿稔的案子上，其他客戶的案子被扔下不管。儘管只是小事務所，要維持也不容易。本想拒絕妻子，剛出過遠門的身體卻發出NG信號。我想，還是聽妻子的，去吃個熱呼呼的火鍋吧。

「阿稔怎麼樣？」

妻子一邊在口中翻攪滾燙的豆腐一邊問道。

「嗯，好像果然打擊頗大。很憔悴。不過，我也不知道他之前的狀況所以也說不準吧。」

「你從以前就很少提到阿稔。」

「可見對他多麼沒印象。他和阿猛不同，給人的感覺就是個安分聽話的乖孩子。」

「你對這種人沒興趣吧。你就是喜歡那種有問題的。」

「也不是，不過，他那種毫無問題的表現反而令人耿耿於懷。會想：這孩子真的沒事嗎？當我聽說他二話不說就乖乖繼承我弟的加油站時，我也不認為那是什麼孝順的佳話。本來一直乖巧得像神話的好孩子，突然神經斷線犯下滔天大罪的案例絕不少見。」

妻子聽了忍俊不禁，火鍋料從口裡噴出。

「髒死了。」

「呵呵。那是我們這種頂客族的論調。人家還擔心我們咧。」

「啊，這裡也被妳噴到了。」

「不過老公，你果然不相信阿稔完全無辜吧？」

「不知道。不過我想打贏這場官司。」

「是基於伯父的身分？還是事務所老闆的身分？」

「兩者都有。」

「可是，萬一人真的是他推下去的，那你身為伯父作何感想？」

「浩美女士，我現在有點累。拜託別欺負我了。」

「也對。抱歉抱歉。來，多吃點。」

在我內心，無論是「就算侄子真的殺了人也想救他」的偏袒，或者「身為伯父不能縱容殺了人的侄子」這種責任感，一律欠奉。我對自己與那孩子有血緣關係這件事本身就缺乏真實感。我認為那不是我該被譴責的問題，不過那種空虛如同冰冷的氣泡漂浮內心，而且，今後哪怕在我們的合作與努力下讓形勢傾向對我們有利，恐怕也無法填補那種空虛。

不過，阿稔之後隨著我每次的會面似乎逐漸放鬆緊繃的心情，不再出現第一次時那種挑釁的言行，對我給的計畫擺出全權委任的態度。之前他在偵查階段針對智惠子墜橋的情況曾表示「事情在瞬間發生，我已不記得」，但如今我把「她摔倒抓住繩索時，繩索破損所以才會墜橋」這個推測講給他聽，他也同意「八成就是那樣子」。必要的討論結束後，他還會主動問起我的近況，有時甚至開開玩笑逗我開心。但不習慣的生活似乎還是對身心造成影響，眼看他的體重一天比一天輕，我對他談起無罪獲釋後的事，他露出白牙開心地對我笑。

不久，被告人早川稔的第一次審理揭開序幕。

旁聽席上有阿猛，也看到阿勇的身影。自從我接下這個案子後也沒有直接和阿勇連絡過，變成鰥夫的阿勇，穿著不知是多久以前做的粗花呢西裝外套，讓他看起來更加落魄潦倒。與阿猛隔著一段距離，手足無措坐在後排的阿勇，和我對上眼時，僅僅只有互相微微頷首。

穿黑衣的三名法官入庭，宣告開庭。

在我桌前被法警夾坐在中間的阿稔，走向中央的證言台，任由審判長發問，看起來一派鎮定，對答如流地報上自己的姓名、住址。

穿深藍色西裝的公審檢事丸尾明人檢察官，用一般旁聽者幾乎聽不見、宛如念經的音量喃喃讀出起訴狀內容後，回到座位。

木暮伴昭審判長把臉轉向阿稔，用背誦課本的平板態度告知他有權保持緘默。

「被告人對於不想回答的問題可以不用回答，也可以從頭到尾保持沉默。當然也可以自由發言。但是被告人的發言無論對被告人有利或不利都可能被當成證據，這點請注意。明白了嗎？」

「是。明白了。」

阿稔看起來驚人地沉著。即便面對檢察官，對於自己接下來將要推翻之前的供述也看不出任何緊張。我當下確信，這樣就沒問題了。

「那我問你，剛才檢察官朗讀的起訴狀中，有什麼錯誤嗎？」

阿稔似乎深吸了一口氣。來吧，好好說。一口氣拚了！

但阿稔好像就這麼憋住那口氣，陷入沉默。

卡住也沒關係。拿出勇氣來。我保證會聲援你，衝吧！

「在橋上，川端小姐拔腿就跑，吊橋隨之劇烈搖晃……」

好，很不錯。繼續！

「我覺得那樣很危險……。要是那時我沒有伸手就好了。」

我的眼前一片空白。阿稔，你選了那條路嗎？我很想仰天長嘆。

「她發出好大聲的尖叫，拍開我的手……。我沒想到會被她那樣嫌棄。不由自主——這麼說好像有點那個，總之就是忿忿不平地推倒了她。」

女書記官敲鍵盤的聲音響徹法庭。作為不動如山的證據，被記錄下來。

「意思是說檢察官朗讀的事實並沒有錯？」

以穩健派著稱的木暮審判長，對於完全重複起訴狀內容的阿稔並未表現出不耐煩，倒像是問小孩般說道。

「結果川端小姐沒站穩，一屁股跌坐在橋上。」

阿稔的回答不是承認也不是否認。還來不及糾正他直接回答「是」或「否」，緊接著話語如潰堤般已不斷從他的薄唇流淌而出。

「我回過神，伸手想拉她起來，但川端小姐好像非常生氣，又好像很害怕，坐在地上往吊橋的邊緣後退。我向她道歉說，對不起，我不會那樣了。然後向她伸出手，但她忽然一下子向後翻倒……」

彷彿難以克制嗚咽，阿稔突然閉嘴。

我感到體溫猛然上升。脖子噴出大量汗水。我與坐在阿稔正後方的阿猛視線相對。是你慫恿的嗎？我瞪他，但他只是微微搖頭否認。阿猛的眼睛也游移不定。

「換句話說，你並沒有把被害者推『落』吊橋？」

審判長的聲調比起之前略微上揚。

「我沒有推『落』。但是起初，我怕只要說出自己曾推倒她，就會被當成殺人兇手，總之我很害怕，所以我說謊，我說川端小姐是自己滑倒……。但是，如果我，如果我當時不在那裡，她現在，應該還活著！」

宛如慘叫的聲音吐出。阿稔的呼吸粗重，雙眼赤紅充血。

根據阿稔的說法，在推倒智惠子這個「第一實行行為」中就算含有殺意，也在她跌坐於橋板上的那一刻消滅了。看到她一屁股跌坐在地，阿稔當下恢復理智，走近她防止她墜橋是「第二實行行為」。殺意在「第一」與「第二」之間並未持續，也沒有說出流露那種殺意的言詞，但她依然亢奮，自己保持坐著的低姿勢向後退，結果身體重心都靠在那條繩索上，導致她墜落橋下。換言之，他推倒她的暴力行為，和她墜橋而死這個結果之間的因果關係被切斷了。我的計畫被全盤瓦解。卻在千鈞一髮之際，勉強說明了他的無罪。

「如果我沒有推倒她，川端小姐大概就不會把身體重心靠在不穩之處讓板子翹起，這麼一想，我就幾乎發瘋。事情被視為意外，周遭無人懷疑我，也無人責怪我，就這樣恢復日常生活，讓我很痛苦。後來因別的案件去警局時，對著刑警先生鼓起勇氣說出川端小姐是我害死的，我這才感到自己活得像個人。」

噴出的汗水，徐徐冷卻。丸尾檢察官對這個新證詞刻意不做反應，只是不悅地垂眼睨視被告人。但被告人看的不是我也不是檢察官，他只是筆直仰視正前方的審判長，露出已和盤托出的充實表情。

「辯護律師有意見嗎？」

確認阿稔這裡已沒有其他話要說後，審判長靜靜問道。

我渾身猛然一震。腦袋空白。但總之我還是站起來了。因為不管怎樣至少這個答案早已確定。

「正如剛才被告人所述，本案純屬意外事故，沒有殺人的實行行為也沒有殺意存在，因此，殺人罪並不成立。」

一切又回到原點。

閉庭後，我甚至提不起勁和阿稔說話，我沉默地匆匆收拾自己的東西，對著被法警重新拴上腰繩的阿稔只撂下一句「這案子有得耗了」，也不看低頭行禮的他便離開法庭。

在法院門口，我看到阿猛。他正與一名中年婦女說話。好像是來旁聽的川端智惠子母親。我和她到目前為止一直只有透過電話交談，但今天一開庭，當我與坐在旁聽席的她四目相接時，她略顯顧忌地向我點頭致意。她也和被告人家屬一樣相信早川稔的無辜，對於後來的供述中，女兒和她當成哥哥仰慕的阿稔在橋上發生衝突的說法，她表現出強烈的違和感。她對我也從未流露不快，甚至曾說「肯定是哪裡有誤會，拜託您千萬別讓他進監獄」。但我不知道今天在後方聆聽阿稔證詞之後，智惠子的母親是否還會有同樣的想法。我沒勇氣加入二人之間。阿猛面對這位母親想必也很難受。她離去後，剩下阿猛一人，背影看起來好像繃得很緊。我等了一會，直到他喘口氣，雙肩放鬆為止。

然而，在巨大的福特汽車後座坐下時，我毫不留情。

「被他狠狠擺了一道。我看他比你說的更難搞吧。分明是個影帝。他那套說詞大致想來全都合情合理兜得攏。我還以為是你亂出主意慫恿他的。」

「我才不會做那種事。」

「他該不會沒睡覺一直在思考吧。不，說不定，那就是真相。不過若說二人真的發生過爭執……你怎麼看？雖然你說當時沒聽到任何聲音。」

「我怎樣都不重要。如果我哥的發言方向對他有好處，那我就當聽到聲音了。」

阿猛只是握著方向盤板著臉面向前方，毫不客氣地頂回來。

「原來如此。意思是說這次我們只能跟著走了。不管怎樣至少現在已有爭議的話題。下次出庭必須備妥足以佐證今日證詞的故事。不過，問題是，檢方也會殺紅了眼攻擊我方。想必炮火會相當猛烈。你們也要做好心理準備。」

阿猛像要用力咀嚼，重重點了二下頭。

之後車子駛入車站圓環的轉角停車。我抱著隨身行李，打開沉重的車門，對阿猛說聲再見就跨出腳，但我隨即停住。

「阿猛，那孩子打算走哪條路？」

阿猛沒回答。

「你應該知道吧？你哥到底在想什麼？」

阿猛好像試圖說些什麼，卻終究無法回答。

「算了。兄弟就是這麼回事。對吧？那我走了，東京見。」

我下車，為了搭乘十分鐘後的特快車，匆匆奔向車站。買票前再次朝圓環轉頭，白色福特尚未離去。

阿猛或許果然與我是同一種人。沒有相信的，只有想要的。有時一旦停下腳步，我們會對這樣的自己感到迷惑。

在列車的位子坐下，雖然立刻從公事包取出資料，但到底該從何處著手，我毫無頭緒。如今必須一切歸零重新編寫腳本固然麻煩，想到東京還有堆積如山的其他工作，前途一片黑暗令我窒息。我沒有認真逐字閱讀，只是隨手翻閱檔案任由思緒紛飛，忽然發現其中夾雜阿猛給的溪谷黑白照片。似乎是用相機的自拍定時器拍攝的，雖然焦距有點模糊，卻是三人的紀念照。智惠子笑顏如花，阿猛的笑容坦蕩，阿稔的笑臉溫柔。在那樣的表情之中，隱約可以窺見即便看到阿稔本人也無法想起的久遠往昔，那個年幼的他的音容笑貌。

窗外風景的流逝似乎比往常快，我有點不安。

「你見到小叔了？」

那晚，妻子坐在梳妝台前一邊在臉上塗抹油膩的面霜，一邊對著鏡子詢問仰臥在床上的我。

「嗯。他也去了。但我們沒交談。」

「哎呀呀。你又拗起來了？」

「才不是。拗脾氣的是對方。老實說，根本沒有閒功夫顧及那個。我已經一團混亂。」

「那麼小叔大概也很混亂吧？」

「是啊。看起來，果然好像心力交瘁。」

「肯定很無助吧。光是兒子吃上官司，就已經夠討厭了。」

「我想也是，如果按照正常人的感覺。我老弟向來一板一眼過日子，肯定覺得這是什麼因果報應吧。若是我也會抓狂。就連秘書出錯我都會歇斯底里。每次我都會想，與其這樣，當初根本不該雇用什麼秘書。」

「秘書和兒子不同。我想一般人應該不會認為當初根本不該有什麼兒子吧。」

「會嗎？」

「這點絕對不會錯。」

「嗯——或許吧。」

「本來就是。……不過這或許是我的浪漫憧憬吧。或許只是一種憧憬。」

妻子自言自語的表情，被她伸過來撫摸我蓋住我眼睛的那隻手遮住，看不見了。我直起上半身。

「欸，妳還是想要小孩？」

「那當然。」

「這樣啊。」

「雖然知道不可能全然都是好事，但是連辛苦帶小孩、為小孩操勞的機會都沒有，未免太寂寞了。」

「……是嗎？或許吧。」

我再次躺下，茫然凝視天花板。這時妻子猛然轉身面對我，敞開睡衣，對我露出雙乳。

「不過，也因此沒有胸部下垂。你看。」

「真的。」

「雖然也沒有變大。」

「真遺憾！」

我們在黑暗中放聲大笑。

睡在枕邊的貝絲，被吵得不高興地翻身。

＊

找到川端智惠子遺體的翌日便進行了行政解剖，結果發現遺體上多處撞擊痕跡及擦傷皆有活體反應，據此推測那些傷痕應是落水後至溺水導致心跳完全停止前，被水中岩石擦撞出來的痕跡。我拿出那張拍到繩索破損位置前方二公尺的橋面中央突起螺絲釘的照片，請法醫鑑定她臀部某處的淤痕是否為早川稔推倒所致，結果傷痕的大小與螺絲帽的大小幾乎一致，據此得以判定那個可能性相當高。因此，可以倒過來推算阿稔推倒智惠子的位置，得以成功說明在她被推開後，的確曾跌坐在橋中央，才會形成臀部撞擊的姿勢。於是爭議點就此鎖定在「第二實行行為」。換言之，當被害者一屁股跌坐在地之後，被告人採取了什麼樣的行為。

「她摔倒得比預想中更嚴重，你因此『回過神』。然後又怎樣了？」

「我道歉，向智惠子伸出手。」

「你說了什麼？」

「很普通，我想應該是『抱歉』之類的吧。」

坐在證言台前的阿稔，氣色看起來比之前稍有好轉。在加油站工作時曬黑的皮膚變白了一些，膚色帶有透明感。

「只道歉一次？」

「不，我反覆講了好幾次。」

「你伸出手，是打算再次推倒她？」

「不是！我想拉她站起來。我還說了一句『抓住我』。」

「換句話說你已經充分顯示出自己不會再重複粗暴行為的態度了。」

「我自認是這樣沒錯。」

「但是智惠子卻向後退。」

「對。」

「如果用這張圖來說明，她退到了何處？」

阿稔的視線移向證嚴台放置的吊橋位置圖。推倒的地點及墜橋的地點各自被標記為A和B。

「……是B的位置。」

阿稔回答時停頓的時機拿捏得恰到好處。他的演技之精湛，絲毫看不出是事先和我做過縝密沙盤推演的結果。我在第一次開庭審理後，是抱著將之前種種盡數從記憶清除的態度和阿稔接觸。我畢竟只是個辯護律師。我想強調的是，我會完全聽你的指示行動喔。不過那當然也是因為就結果而言我認為勝算十足。對於我毫無怨言的態度，阿稔就算感到不對勁，也很識相地知道那怪不了旁人。我對阿稔也同樣感到毛骨悚然。咱們就互相扯平吧，就這麼回事。

「到了B地點後，又發生了什麼事？」

「她的身體突然向後翻倒。」

「『突然』——如此說來那是在抵達B地點之後過了多久？」

「就是一瞬間。好像噗通一下就發生了。」

「嗯。然後你是什麼反應？」

「我想拽住她的手，於是傾身向前。」

「那是為了什麼？」

「啊？還能為什麼……」

「你是為了什麼想拽住她的手？」

「當然是想救她！如果我那隻手，能夠拽住她……」

在拘留所面會室沙盤演練時平淡回答的地方，如今添加了混雜憤怒與悔恨的感情激盪，連我都已分不清那是他的真心話還是演技。

「你已經盡了最大的努力防止她墜橋吧？」

「對，我自認盡力了。」

「我問完了。」

我趁著從阿稔手邊取回地形圖時，使眼色鼓勵他加油，然後才就座。

接著得到發問機會的丸尾檢察官，彷彿要強調「別再搞笑了」，伸個大懶腰起立後，就像炮口鎖定目標，魁梧的上半身傾向被告人席，開始平靜地發話。

「據說你有懼高症，在你走上去之後，對於吊橋果然也有害怕的感覺？」

「是。」

「即使只是照正常方式隨便走走？」

「對我來說……是的。」

「那是因為吊橋走起來搖搖晃晃很不穩，一不小心好像就會掉下去吧？」

「是的。」

「在那種地方，你推了被害者一把。是用單手還是雙手？」

「雙手。」

「被害者身高一百五十八公分體重四十七公斤，是非常瘦小的女性。身為男性的你雙手用力去推她，在那樣的吊橋上。當時你是巴不得智惠子小姐死掉算了嗎？」

「怎麼會！我沒那麼想。」

「你完全想像不到會有那種危險嗎？」

雖然是在質問，但語尾並未上揚，檢察官彷彿已經斷定事實的追問方式，讓阿稔的聲音激動得破音。

「你光是隨便走走，也能充分想像得到自己的性命有危險吧？」

「……」

「你想像得到吧？」

「……對。」

「就算沒打算殺死她，至少應該知道有致死的充分危險性吧？那豈不是和你想殺她是一樣的？」

我間不容髮舉手提出異議，抗議檢察官強加自己的主觀意見。被審判長詢問意見的檢察官，正眼也不瞧我便繼續說。

「那我換個問題。你剛才說，你伸手想拉她起來。」

「是。」

「你沒想過此舉會造成反效果嗎？」

阿稔對這個問題露出不解其意的表情，默默仰望檢察官。

「你想想看，前一刻才大力把自己身體推開的男人，現在居然柔聲朝自己伸出手，女孩子恐怕不會覺得你有多好心。」

「……」

「被害者跌坐在地，還嚷著『好痛！』是吧？」

「是。」

「她的臀部撞到橋面螺絲釘的瘀痕，你看到了嗎？撞到的時候，是隔著衣服喔。穿著內褲和長褲。卻還造成那樣的內出血，這代表什麼情況呢？想必，當時一定痛得想跳起來。那樣就算還活著，說不定也會留下慘不忍睹的傷疤。你要看嗎？有照片喔。」

「……」

「吶，你不妨站在智惠子小姐的立場想想看。如果有人害自己受到這種傷害，你難道不會對那個人產生恐懼感嗎？」

「這個……我想會吧。」

「雖然你說已經道歉了，但輕輕一句道歉有什麼用。」

丸尾檢察官的鼻尖發出極度蔑視的嗤笑。

「已經悔改了？不會再犯？這都是加害者的狡辯。受傷者的恐懼感可沒有那麼容易一筆勾銷喔。這種事，你完全無法想像？若真是如此，那我認為你對人心未免也太遲鈍了。」

「那是你個人的意見吧！」

我抬高略帶感情的聲調提出抗議。於是丸尾檢察官這才第一次朝我這邊正眼看過來，笑嘻嘻地嘴角一撇，撤回質問。

丸尾並非用心特別險惡的人物。這種程度的過招，以我們的感覺而言只不過是一般通例。但是視野一隅勉強捕捉到阿勇低頭的身影，令我異常介意。身為一個父親，在法官做出有罪或無罪的判決之前，想必到此為止打擊就已經夠大了。

「怎麼樣，你應該也知道她很害怕，拚命後退之下會墜橋吧？」

「這根本沒有撤回問題吧！我有異議，審判長！」

「檢察官，你的意見呢？」

「我認為異議毫無理由。」

三位法官做出簡單合議之際，丸尾檢察官依然用狙擊獵物的眼神鎖定阿稔，文風不動。

「異議成立。請檢察官改變問題。」

於是檢察官厚實的胸膛深吸一口氣，以截然不同之前的柔和語氣開始發話。

「假設，智惠子小姐是自己摔倒，那她會對你伸出的手感到畏怯嗎？然而事實上，她卻是被你推倒的。之後看到你伸出手，恐怕也會以為你想再補上一掌吧。吶，你該不會是明知如此，故意對她步步進逼吧？」

阿稔的臉色灰敗如鉛，看起來也像是困惑得發抖。他之前狠狠背叛了我們一次，今天又和我串通合作發揮出色演技，真不知他心裡到底打什麼主意？檢察官的說法，就像是在描述阿稔起初何以主動自白的動機。如今的阿稔是因為被他那番話拉回原點才再次因罪惡感而動搖，還是在扮演快要被說動的早川稔，抑或，本來就沒那種罪惡感可言，純粹是表演？我終究無法推知。

今後，阿稔想必會被更嚴厲地挖出更多個人私事吧。以前我經手的刑事案件被告人在服刑期間寫給我的信上曾經提到，「比起偵訊時，比起被羈押時，比起如今在看守所贖罪的生活，最讓我痛苦的是開庭審理的那段日子，不管和我的犯行有無關係，自己的所有事情都被曝光，不得不當著家人的眼前讓他們看到我在陌生人嚴厲的批判下只能沉默以對的樣子。」

目前沒有物證也沒有狀況證據足以證明阿稔推倒智惠子後的態度，檢方今後要追查的，將是阿稔對智惠子的怨恨，以便證明他有明確的殺意。傍晚閉庭後的這天，我在阿猛的邀請下回老家過夜。我本來還是意興闌珊，但我想，最好也和阿勇事先說明一下今後的審理方向，於是決定聽他的回老家。

但是，三人坐在桌前一起吃阿猛買來的晚餐時，阿勇忽然開口說他不想再去法庭了。而且還把他內心累積的屈辱與憤怒的矛頭對準我。

「阿稔會怎樣？」

「還不知道。你要忍一忍。」

「你不是有把握才會行動嗎？你可是專業的。」

「就算有把握，也可能被當事人自己推翻。要是光靠我的把握就能出現證據就好了。」

「那你的工作是什麼？好歹也要幫我們一次吧。你又不是不知道，為了你的自私任性，這些年我替你背負了多少責任。」

「你替我接下家業得到的東西應該也不少吧。如果你以為只有我佔便宜，那是被害者意識造成想像力的貧乏。」

對於弟弟的死性不改，我打從心底厭煩。自從我離開這個家，每次我回來他都會一而再再而三翻舊帳抱怨。這樣老是翻舊帳到底能夠解決你心裡的什麼問題得到昇華？我連自己說的話都覺得煩，索性丟下筷子，披上外套站起來。

「伯父，現在已經很晚了，沒有電車了。」

阿猛拽住我的袖子。

「我自己想辦法。我還是離開比較好。」

「快滾！」

阿勇站起來，端著沒吃完的蓋飯離座。

「你看吧。」

「這是為什麼!留下來住一晚有什麼關係!」

阿猛也跟著站起來,把手搭在正忙著穿鞋的我肩上。

「我沒事啦。不好意思。我不該來的。」

「別這樣。伯父你什麼都別說,住下來就是了!我爸也不知搞什麼。現在是計較這個的時候嗎?兄弟吵架也該等更有空閒的時候吵!」

阿猛的大聲哀號,在寬敞的家中迴響。

吼完之後,他似乎還是很激動,砰砰砰的,簡直像哭鬧使性子的小孩一樣跺腳。我吃驚地轉頭。因為我從未聽過阿猛這樣的聲音。然後我朝廚房望去,只見阿勇也端著碗,啞然凝視阿猛。我與阿勇,二人面面相覷。

最後決定我和阿勇一起睡在寬敞的佛堂。

但我們不可能手牽手去睡覺,我本想和阿猛閒聊一會,但阿猛或許是之前的羞澀仍在，好像有點尷尬，匆匆把我趕進佛堂。

燈已熄滅，阿勇很沉默，但我懷疑他還沒睡著，於是出聲喊：

「喂！」

阿勇沒回答。

「阿勇！」

沒回音，我豎耳傾聽，發現他微微發出平緩的呼吸聲。這才想到，弟弟從襁褓時期就被稱為「睡娃」，向來倒頭就睡。遙遠彼方的記憶霎時重現心頭。我是夜貓子，阿勇早睡早起。這點始終不變。我越晚精神越好，往往還想對隔壁被窩的阿勇講各種話題時，阿勇不知幾時卻已不再附和我，驀然一看只見他呼呼大睡。可是一大早要幫忙父親工作時，我睜不開眼睛甚至很想吐，阿勇卻不當回事。

眼睛漸漸習慣黑暗後，便可看出阿勇面朝天花板的睡顏。但那和我熟知的

「睡娃」截然不同，是一張老人的臉孔。我想起阿勇離開法庭的背影。目睹兒子遭到審判的情景後，他像是縮水般變得特別矮小，伸手扶著座席舉步維艱的模樣，彷彿比我還老了十歲。

阿勇替我鋪的被窩，隱約帶有霉味。我想像未來的某一天弟弟將在這被褥上身體冰冷，慌忙抹去那個想像。我衷心期盼自己能夠先逃離這個世界不用親眼目睹那一幕。就連我的妻子和貝絲，如今想來都彷彿陌生人。在這老舊陰暗的大房子裡，阿勇現在孑然一身，到底活在什麼樣的宇宙？長大後的我此刻第一次想像那種問題，並且對那個宇宙的孤獨之深感到畏怯。強大的喪失感襲來。而我們，已喪失漫長的時光。

今後，我與這個弟弟之間的心結恐怕不可能消除吧。我有我的主張。正確的唯有已經發生的事。我與阿勇之間已經發生的歷史不可能歸零。然而，我還有弟弟在。這點，也同樣正確無誤。弟弟的人生明明存在，長年來我卻看不見。不可思議的是，直到此刻，我才終於能夠切切實實打從心底接受早川稔這個侄兒的存在。

我想，弟弟的二個兒子之間，不會有我與阿勇的那種喪失感。

弟弟平靜的呼吸聲，開始帶有呼嚕呼嚕的鼾聲時，我的意識，也緩緩消融。

❶竹林中（藪の中）：芥川龍之介的知名小說，中譯爲《羅生門》。描述武士被殺的經過，故事中每個人對事件的說法不一，令眞相撲朔迷離。此處爲雙關語。

第五章

早川猛的獨白

垂下的樹木枝葉，遮斷我的視野。

然而我還是可以隱約看見枝葉的後方，在那玩具似的吊橋中央，哥哥蹲踞不動的身影。那張低頭窺視下方溪流的臉孔，已經面無血色，唯有眼白的部分，閃爍醒目的冷光。彷彿被蜘蛛網困住失去自由的無力小蟲子，畏懼即將來襲的魔掌，背影正在不停顫抖。

哥哥粗重的呼吸，幾可觸及我的耳朵。我的心口發燙，額頭冒汗。哥哥的背影在顫抖。他的身體倚靠吊橋邊緣，似乎隨時會墜落。

別鬧了。

我拔腳跑出開滿白花的山谷窪地。

我什麼都不知道。哥哥推落智惠子的舉動，我壓根沒看見。我連二人走上吊橋都沒注意到。哥哥什麼也沒做。智惠子是自己失足跌落。哥哥什麼也沒做。我們兄弟倆，祈求智惠子平安無事，現在要立刻報警，說出經過。不能逃避隱瞞。只要像遭遇意外的人那樣表現就行了，就這麼簡單。

然而森林太深，我跑了又跑還是跑不到亮處。最後我抵達的，仍是在那個窪地中。花叢看起來比之前更茂密更大片。從樹木之間，可以窺見哥哥依然蹲在原地動也不動。我再次奔跑，穿過林間，然後，又抵達同樣的窪地。每次抵達時窪地的花朵變得更多，距離哥哥似乎也變得更遙遠。為何會迷失歸路？一次又一次重複的過程中，周遭已變成整片白茫茫的花海，那種嗆鼻的甜蜜氣息，令我喘不過氣。我上氣不接下氣地呼吸，一邊捂住嘴，再次往吊橋的方向看去。那裡，已不見哥哥的身影。

製作公司的年輕男人敲車窗的聲音驚醒了我。首都高速公路發生車禍造成塞車令模特兒遲到了，他說人現在才進攝影棚。地下室的停車場光線昏暗，連現在幾點都搞不清楚。汗濕的襯衫帶著討厭的冰涼黏在背上。同樣的夢不知已做過多少次。有時甚至做到一半就察覺這是夢，但夢還是不肯閉幕。

心跳加快。我想起在橋上抱住哥哥時的觸感。哥哥的身體，彷彿變成一顆巨大的心臟。為了不讓那強大的跳動從我懷裡蹦出去墜落橋下，我使盡渾身力氣，狠狠地，像要勒緊似地抱住那個身體。

我本來還有點不安，不知哥哥是否理解我的話。

但哥哥非常配合，之後完全按照我的意圖採取行動。有生以來第一次正式和刑警這種人物交談，他不知該有多麼緊張。詢問我們的中年刑警，態度也很謙和，外表乍看之下和隨處可見的疲憊上班族沒啥兩樣，但他提出的每一個問題，話語的核心都蘊含絕不容許對方含糊帶過的詭異壓迫感。

所以當我迎接堅強熬過詢問的哥哥時，我再次擁抱他，很想用力誇獎他。哥哥看起來失魂落魄。或許很痛苦，但這樣就沒事了。哥哥向來誠實正直，沒有欺瞞過任何人，他的人生若因這種事從此變得亂七八糟，那怎麼想都不合理。

入夜後在下游找到智惠子的遺體，把我們叫去時，刑警的態度也已沒有白天的緊迫。我心想，我們熬過去了。至於哥哥，我希望他不再苦惱。我盼望他安靜地隨著時間過去慢慢恢復原有生活。但我沒那個勇氣守在哥哥身旁繼續凝視為此必須耗費的龐大時光。我唯一的念頭，就是盡快離開這個小鎮。

智惠子的喪禮那晚，我在浴室淋浴後走上二樓房間一看，哥哥房間的門沒關緊。室內一片漆黑，靠著走廊的光線勉強可以窺視室內情形。從小就有的書桌還放在老地方，上面放著似乎是學校畢業旅行時買來的幼稚紀念品。彷彿從我離開這個家後，時間就已完全靜止。

房間深處的單人床上，趴著還沒脫下加油站制服的哥哥。

溪谷的意外發生，確認智惠子的遺體後，守靈夜及告別式一轉眼就安排妥當，之後是撿拾雪白的遺骨。「是年輕人的遺骨，所以佛祖還好好留著。」火葬場的職員說著捻起智惠子小小的喉骨給我們看。明顯可看出那個形狀的確猶如坐禪的佛像。圍繞的我們，就像參觀博物館的觀光客一樣只是被它的罕見吸引，甚至有人發出驚呼嘖嘖稱奇。就連這樣的行為是否可恥，是否該被譴責，都沒有任何人意識到，因為智惠子的猝死令人毫無真實感。

之後哥哥就直接去了店裡。此刻頹然倒在床上的背影文風不動。甚至感覺不到呼吸，我彷彿只是在注視一張照片。

不會吧。

我唰拉一聲拉開紙門走進去。

「什麼事？」

哥哥依然趴著，發出似乎早就知道我在的清醒聲調。然後伸個大懶腰爬起來，說聲「我睡著了」，朝我一笑。哥哥的牙齒在黑暗中發亮。

我如遭痛擊般佇立在門邊，勉強掩飾內心的動搖，一邊告訴他我打算明天回東京。哥哥聽了之後，臉頰倏然出現落寞的陰影，然後他在床上端正跪坐，「這幾天麻煩你了，真不好意思。」他像外人似地對我鞠躬行禮。

我不知如何接話，

「沒事啦。我沒問題。」

他用堅定的語氣這麼說，再次靦腆地朝我笑了。那是我熟知的哥哥靦腆的笑容。和母親死前對我展現的笑法一模一樣。

翌晨，當我醒來時家中已空無一人，照哥哥的吩咐關好門窗後，我發動福特汽車，離家遠去。我在想，下次回到這個家不知會是幾時。加油站出現眼前，我想應該跟父親與哥哥打聲招呼。但從車窗看見的景像，是哥哥被那個高級國產轎車的車主隔著車窗揪住前襟的僵硬身影。我當下用力踩油門。我受夠了。我再也不想碰麻煩事。哪怕是提早一秒也好，我只想盡快逃離這個場所。

人生就是一連串的選擇。如果當時，我踩的不是油門而是煞車該多好。或許就能避免哥哥向警方自白這個最糟的事態發展。但比起那種糟糕透頂的未來，眼前小小的麻煩，往往看起來就是人生最糟糕的了。不是選擇較好的，而是盡可能迴避較壞的——這或許就是我一貫的選擇方式。但在另一方面，幻想「那時候如果……就好了」這種不可能的樂觀未來，於我而言也正是最心煩的行為。

正因如此，我才會懊悔得咬牙。事情演變至此並非全然無法預料，顯然是我的失誤。比起驚訝哥哥居然對客人動粗，比起氣憤哥哥做出違反我意圖的行動，我更懊悔的是未能防止這種事態發展。因為對我而言要理解哥哥的心情太簡單了。打從以前不就是如此嗎?他根本不懂得拐彎。他不可能在傷害他人後還坦然自若。即便有時貫徹誠實與溫柔會給周遭帶來不幸，對此他也毫無所覺。

哥哥以前在我做壞事被父親及祖父他們責罵時，會打圓場替我說情。我做的，大抵上都是無從狡辯證據確鑿的事，所以偶爾儘管有特別理由，父母也絲毫不會想到問問我為何那麼做，只是劈頭把我罵得狗血淋頭。面對不肯弄清原委的父親，我也有我的叛逆，哪怕真有委屈也死都不肯說出來。真理站在我這方——唯有這樣的確信讓我在心裡保持優勢，縱然被父親打罵也能忍住那種疼痛。但哥哥看不下去，會撲過來說出我一直保持緘默的原委，頓時，我突然淪為「其實是情有可原的可憐孩子」。我成了被憐憫的對象，不想讓人碰觸的腦袋被摸了又摸。我從來沒有像那一刻那麼窩囊過。我並非不懂哥哥的真心。也不是不領情。但他根本沒搞清楚狀況。那和我努力奮鬥想贏取的東西，完全是兩回事。到頭來只是徒然突顯出哥哥的善良體貼，我卻被當成有委屈也不肯說的彆扭小孩，越發遭到敬而遠之，就連我父親，也因無端冤枉了小孩弄得自己裡外不是人，臉孔都扭曲了。

周遭眾人現在只顧著為突然爆發的哥哥吃驚，恐怕想不出該跟他說什麼吧。

然而促使他爆發的火種並非惡意或瘋狂，是哥哥本來的誠實。那不足為懼。卻也同時顯示出，擁有如此爆發力的誠實，委實棘手。

我不會再對哥哥的誠實放任不管。我在心裡如此發誓。

哥哥肯定已弄不清自己在做什麼了。他被罪惡感壓垮，想必正害怕失去理智的自己。但他仍舊必須披著自己的外皮活下去，他肯定很鬱悶，如果手邊有刀，八成恨不得拿刀削去自己的皮。可憐的哥哥。我懂。唯有我，能夠引導哥哥，把他救出黑暗。我如是想。

然而，與我在那小鴿子籠中隔著透明壓克力板重逢的男人，和哥哥判若兩人。

他瞇起眼，把手心對著眼睛忽遠忽近，模仿伯父來面會時的舉動，「戴著老花眼鏡還這樣。」他如此嘲笑。

「那樣連字都看不清，真不知道他要怎麼打官司。」

他的笑聲在喉嚨深處憋住，神情看來似乎渾身發癢。

「不，哥哥，別看伯父那樣，他可是活躍在第一線的現職律師。」

「我啊，最受不了那個人了。從小就是。」

唯有不知從哪傳來的空調聲響瀰漫面會室。

這種話我第一次聽到。我一直以為哥哥很喜歡伯父。雖然伯父和我們一家人本就關係疏遠，但偶爾父親批評伯父時，哥哥還會勸阻他，替伯父說好話。那樣做的人不是哥哥嗎？打電話給我時，還提醒我「你在東京沒有和伯父見面？」的那個人到底是誰？

「阿猛。我如果被判有罪，會變成怎樣？」

哥哥幽幽說。

「別傻了，不會的。你胡說什麼！」

「你別激動嘛。我只是在想，到時候你們會怎樣。」

他就像惡作劇的孩子抬眼小心翼翼地窺視我的臉。

我很迷惑。明明聽伯父說，哥哥很順從他的指示，正積極試圖翻供。

「你不要想得那麼負面。現在不是這種時候。」

「負面？才不是。阿猛，我很慶幸自己自白了。」

「這是什麼意思？」

「在那麼小的鎮上，要背負『害死青梅竹馬』的標籤活下去，你知道那代表什麼？」

「你在胡說什麼。大家都很了解你的個性，很快就會一切如常。肯定會溫暖地接納你。」

「呵呵。你居然說那個小鎮『溫暖』。真奇怪。」

哥哥顯然在向我挑釁。他那浮游似的笑容，從壓克力板上開了很多小洞的通話孔鑽過來纏繞我的周身。

「算了，反正就算窩在那加油站過一輩子，和在監獄過日子也差不多。至少不用對愚蠢的客人點頭哈腰，我還樂得輕鬆呢。那個小癟三。這次我總算出了一口氣。早知道應該打得他腦袋開花才對。」

哥哥身後的灰衣法警，倏然朝他行注目禮。

「不能講這種話啦。」

「為什麼？你不是經常講這種話嗎？」

哥哥一臉錯愕，似乎打從心底感到不可思議地直視我的臉孔。哥哥那種卑鄙的態度令我感到強烈的違和感。我忍無可忍，不禁把臉扭開。

「反正我的人生就是這麼無趣。」

「沒那回事。」

「你在說什麼啊。」

哥哥噗哧一笑，我依然無法正眼看他，勉強擠出話：

「哥哥很了不起。我就做不到。我的人生只會逃避。」

「那是因為我的人生很無趣啊，對吧？」

我赫然一驚抬頭，只見哥哥的臉上已失去笑容。在他筆直投射而來的視線下，我的腦子好像被緩緩燒灼。

「你的人生多采多姿。做只有你能做的工作，結識各色各樣的人，賺大把鈔票。可你看看我。工作單調，毫無女人緣，回到家就煮飯洗衣聽老爸嘮叨，然後，現在還殺了人，你說這是什麼見鬼的人生。」

「別說了，不是這樣。」

「哪裡不是，哪裡不對了。為什麼會變成這樣？我真的不懂。怎麼什麼好事都沒有。哪，你說為什麼？為什麼你跟我如此天差地別？」

哥哥的臉上失去緊迫感，他開始顫抖。

我的心情變得不可思議地平靜。

是啊。他想必一直這麼想吧。為什麼在此刻之前，一直沒有說出口？哥哥，其實你不必這麼忍氣吞聲的。

「哥哥沒有錯。」

「那種事我他媽的當然知道。你煩不煩！」

哥哥咆哮，撲上來想揍我。但厚實的壓克力板彈回他的拳頭，保護了我。法警飛奔上前，從後方反剪哥哥的雙臂。「每次都是我！每次都是我！」哥哥發出孩童般的悲鳴趴在檯子上，撞到壓克力板的右手就這樣狠狠地砸向檯面。就算想阻止，可我甚至無法碰到哥哥。法警慌慌張張告訴我面會結束，然後催促趴著抽泣不止的哥哥。

「哥，所以還是趕緊離開這種地方吧，我會讓你出來的。」

我扯高嗓門以免被他的哭聲蓋過。

這時哥哥抬起埋在雙臂之間的腦袋，朝著通話孔用力吐口水。法警大吼，雙臂插入哥哥的腋下粗暴地讓他站起來，幾乎是以抱著他的姿勢在瞬間拖走了他。

哥哥的腳步聲遠去，再次只有嗡嗡的空調聲傳入耳中。

空氣稀薄。如在深海中。

腦中浮現的影像，是有著哥哥外形的一塊巨大看板，在深海中飄呀飄地緩緩遠去。

哥哥內心爆發的根本不是什麼篤直與誠實。那種東西，只不過是我的奢望。看板背面有的，分明是憤怒。如同火山岩漿，以數千度的高溫不斷沸騰對我的憤怒，製造出混濁，沉澱，惡意。過去哥哥看起來好像完全沒有憤怒這種情緒，讓我深感不可思議，有時甚至覺得反感，但另一方面，也萌生彷彿看待被閹割的性無能者那種邪惡的愉悅感。然而，他果然還是有憤怒。我感到終於從一直懷抱的謎團解脫的開放感，同時也好像自冰冷的水中浮起，只覺得渾身失溫。

他說待在這個牢籠中至少還好一點，看來並非純屬反諷。

哥哥的表情異樣光輝，似乎打從心底為自己有生以來第一次欺負弟弟感到愉快。哥哥現在，並非在黑暗中。這裡的暗度，對於哥哥的遊戲來說顯然太過明亮了。

哥哥的口水飛沫鑽過通話孔，噴到我的臉上，留下不快的濕氣。皮膚底下從未感到過的寒意，令牙齒喀喀打架。

照理說早已習慣的閃光燈此刻卻感到目眩。啊，糟糕，站在鏡頭前的模特兒一團白茫茫看不清楚了。取而代之在我視野出現的，是哥哥露出激怒的神色用力推倒智惠子的那一幕。智惠子的身體就像橡皮假人一樣輕易彈飛，倒在橋面上。

倏然回到視野中的模特兒錯失擺姿勢的時機。我慌忙按下快門。放在攝影棚中的閃光燈每次發光時，哥哥朝後退的智惠子伸手走近的模樣，就像一格一格的影像浮現眼前。

哥哥在法庭上的含淚泣訴，若是以前的我怎麼可能懷疑。侃侃敘述自己何以站上證言台的哥哥，就像是「誠實」本身在氣喘吁吁地說話。他哀悼智惠子的死，把一切過錯歸咎於自己，卻還不斷吶喊自己的無辜。

「起初，我怕只要一說出自己曾推倒她就會被斷定為殺人兇手，總之，我很害怕，於是我說謊，說川端小姐是自己失足滑倒。」

他騙人。

叫哥哥說出「川端小姐是自己失足滑倒」這種話的，不是他的恐懼，明明是我。

哥哥喉頭顫動，痛苦掙扎著吐露的言詞，令法庭豎耳傾聽。他說見智惠子倒下，曾經一再道歉，同時伸手想拉她起來。

當我站在對岸的岩石，把相機鏡頭對準深綠色的溪流時，「阿猛！」智惠子震耳欲聾的聲音響徹山谷。我的視線不由得移往吊橋上，只見智惠子被哥哥扶著，正搖搖欲墜探出身子朝我揮手。我忽然有種神經被撕扯的感覺，急忙藏身在竹林後方。

悄悄遮住我身體的，是開滿白花的窪地。我把眼睛貼在觀景窗上擋住其他視野，像要抹去煩惱般對著花叢按下快門。結果這次又有哥哥高聲勸告的聲音隨風飄來。

我所看見的景像中，二人緊貼在一起走路的模樣甚至顯得可笑。我本來還以為他們在嬉鬧，但再仔細一看，又像是拚命企圖逃走的瘋狂野獸和試圖壓制野獸的飼育員。「那個人，恐怕已經察覺了。」智惠子曾這麼對我說。簡直像出言恫嚇。那不像是我印象中消極溫順的智惠子會說的話。智惠子到底在橋上對哥哥說了什麼？我心想，真不該留下他倆單獨相處，可惜為時已晚。我夾著尾巴逃離煩惱一路順風順水的歷史即將終結。

在法院，我見到川端嬸。這是自從智惠子喪禮後第一次見面。深信那是意外的大嬸，即便在我們幫忙籌辦守靈夜及告別式時，也不忘一再道謝，而且還拚命道歉此事鬧得太大勞師動眾，如今重逢卻變得如此尷尬。

大嬸叫住走出法庭的我，遞給我一個小紙袋，叫我還給父親。裡面放著已經洗乾淨折得整整齊齊的智惠子那套加油站制服。

大嬸這些年老了不少，臉上也泛出疲色，但是比起我兒時熟知的模樣，看起來好像多了幾分女人味。我想起那晚智惠子提到她母親時說的那句「好像很幸福」。我問她母親再婚會不會覺得寂寞，她笑著搖頭說，她已經不是那種年紀了。我沒有問她一個人會不會寂寞。如果問了，智惠子不知會如何回答。

事發後，我一直很排斥去想智惠子的事。總之，我一絲一毫都不願想起她的存在。任何人都不希望發生不幸的原因出在自己身上。可是，只要一想到不幸的種子中或許有一顆是自己親手撒下的，腳底就像被黏稠的東西絆住，再也無法脫身。我到底做了什麼？我沒做的又是什麼？只不過和女人睡了一覺，就會發生殺人命案？有種就來審判我吧。如果能把我關進監獄，那就試試看吧。即便這樣自以為想開了，一旦明白那不可能靠法律制裁，是在眾人漠視之處逐漸侵蝕的黑暗罪惡，無藥可救的重量還是會逐漸膨脹，壓迫心頭。

伯父曾說，犯罪分為作為犯與不作為犯這二種。作為犯是積極動作造成的犯罪。而不作為犯，是沒有做該做之事造成的犯罪，例如母親沒有餵嬰兒喝奶害死了嬰兒。大嬸的臉上，也露出彷彿犯了什麼罪的神色。此人恐怕也沒有來得及對智惠子說出某些該說的話吧？

三言兩語間，我與大嬸都盡可能開朗地閒話家常，但臨別之際，只見大嬸眼角的皺紋形狀突然奇妙地變形，下一秒已顫抖著雙唇，幽幽說道：

「阿猛，智惠子是那種會被殺死的孩子嗎？」

然後，彷彿被自己說出的話給嚇到，她逃命似地轉身離去。那句不知是問誰的話，在冰冷的大理石長廊，久久縈繞不去。

按快門的自己不知怎地好像比平日多話。信吾這個模特兒是認識多年的老搭檔，看起來卻和我拍了這麼多年的男人判若兩人。布景和燈光都是老班底，一切都依照我的指示，可我看著觀景窗中顛倒的男人影像，忽有異樣之感，這真的是自己的照片嗎？然而使用拍立得看樣片的編輯們紛紛大加讚美。總之我只要拍攝就行了嗎？這麼一想，不知為何異樣空虛。

只要住在東京，案件的報導被每天層出不窮的新聞推擠一眨眼就會落到遺忘的深淵。說到我的知名度，既非八卦媒體會拿來炒話題的領域，也不足以干擾到日常生活。但在水面下，流言還是徹底滲透，周遭反而可笑地彌漫一種刻意不去碰觸那個話題的緊迫感。

結束攝影後，信吾頓時露出天真的表情，飛奔到我身邊。他開始像個小女生一樣滔滔不絕訴說最近剛接的電視劇工作、國外的美食等等話題。

工作人員們徐徐回到崗位各自開始收拾善後，我們的周遭出現空間時，信吾跨出一步，貼近我的身體，微微壓低音量。

「早川哥，你好像出大事了是吧？」

「噢，你在哪看到報導了？」

「不是，我聽事務所的人說的。之前我都不知道。」

「噢，這樣啊。」

「到底怎麼回事？沒問題嗎？……啊，我是不是不該問這種問題？」

「唉，的確沒人敢碰這個話題。就像對待紅腫發炎的疙瘩。」

「不過，現在什麼都還沒確定吧？一切還很難說吧？」
「是這樣沒錯。」
「可是，聽說是意外對吧。早川哥你也這麼認為吧？」
「唉，問題是我哥自己講出那種話。」
「不，不可能。你哥哥絕對是受到壓力。我懂。我也經常在機場被攔下。那時候，超可怕的。我明明說我沒有夾帶，卻被一群人包圍，不斷勸我說沒關係，只要老實交代一切都會沒事，那時候我也會覺得，管他那麼多乾脆通通點頭承認算了。」
「或許吧。」
「超過分的。簡直不可原諒。無論是那樣逼迫的傢伙，或者是在現階段就武斷認定的傢伙。早川哥也是無妄之災耶。我絕對站在早川哥這邊。真的。如果有我能做的你儘管說。」

「嗯，謝了。」

「我說真的喔。雖然或許幫不上忙，但我至少可以傾聽。」

「謝謝。不過信吾，你說的『那時候』真的是清白的？」

「哈哈哈。你直覺好敏銳！」

最後他發出高亢的笑聲，奔向催他換衣服的造型師。

令流言變本加厲的大概還是因為我辦公室的大庭消失了。

案發後，我不得不調整各種預定行程，大庭起初對我的遭遇感同身受報以關懷，同時毫無不悅地替我處理工作，但在哥哥被捕過了一段時間後，某天她突然搬出一堆理由說什麼母親有糖尿病啦、要報考什麼房地產經紀人執照啦，自行找到年輕女孩接手後就跑了。她的工作能力很好，外形也不錯，也很會拿捏分寸，就算偶爾上床也不會要求更多。我一直認為她是個聰明的女人，但也正因如此，她的嗅覺敏銳，行動也迅速。當然我也諷刺了她一下，結果反倒被她巧笑嫣然地頂回來：

「有什麼理由非我不可嗎？」

雖然是一點一點，但世界確實逐漸變調了。

信吾說的話或許沒有任何其他用意，但那只不過是在哥哥無罪的前提下。如果哥哥的殺人罪確定了，信吾還能夠振振有詞說他「站在早川哥這邊」嗎？眼下這種寧靜，似乎是暴風雨的前兆。世界正默默屏息，窺視骰子擲出的點數。

工作人員收拾完畢，常夜燈熄滅。我一邊走向出口一邊扭頭回顧陷入漆黑的空曠空間。「如果我被判處有罪不知你們會變成怎樣？」哥哥無所畏懼的笑容在黑暗中閃過。

少了哥哥的老家，益發陰森。屋內蒙上一層淺淺的塵埃，不知從哪飄來廚餘腐敗的餿味。

*

父親決定不再去法庭，我和伯父也贊成。

如果發生這起案件的是我，父親想必不會這麼脆弱吧？動手打人，撒謊，推翻前言，這種會遭人批評責難的事，到目前為止我不知當著父親的面做過多少次了。對於那些謊言，父親說不定也能夠早早就洞穿事實。然而父親面對變成這樣的哥哥，迄今仍無法適應。哥哥的一舉一動，言行舉止，父親都只能毫無保留地相信，簡直像是被哥哥放在土俵上只能悲慘隨之起舞的紙相撲力士❶。

再加上父親對伯父長年來的反感，導致他現在完全依賴我，說來也很奇妙。那麼囉嗦的父親一旦真的被堵住嘴，我居然有種大廈將傾的不安。雖然他並沒有真的依靠到我身上。

父親失去我這個靶子後，也只能勉強擠出剩下的力氣，把他的不安與不滿發洩到來家裡過夜的伯父上。面對爭執，伯父堪稱已是身經百戰，所以我以為他會像風吹垂柳般逆來順受，沒想到他竟然前所未見地脹紅了臉毫不讓步。即便是對我和哥哥的糾葛冷笑旁觀的伯父，到頭來原來也不過如此啊，我暗想。

父親先去睡了，最後伯父還是留在家裡過夜，但他似乎有點坐立不安。在這家中，伯父與我這種「不安於室的二隻黑羊」大眼瞪小眼也是奇妙的感覺。就連彼此穿著家居服坐在一起都有點尷尬。

「總之，我老爸不會再去起碼讓我鬆了一口氣。他那種人很禁不起打擊。」

我撂下這句話就想上二樓，

「或許，你也不該再去法庭比較好。」

伯父沒看我，低聲說道。

「我無所謂喔。」

「……是嗎？我不會強硬地不准你去。但你自己要做好心理準備。」

伯父到底想說什麼，我不太懂。準備上樓梯的腳停下，

「我是辯護律師，但好歹也是你的伯父。這點我保證。」

說著他仰望我，咧齒一笑，沒有再說出更多。

翌晨，我從袋子取出裝有沉甸甸現金的信封。這是從川端嬸給我的紙袋中取出加油站制服時一起找到的。現金袋寄件欄填寫的字跡有稜有角，乍看之下還愣住了，因為和我的字體很像。上面寫的是父親的名字。至於寄件日期，事後查閱，是哥哥被捕後不久。沒有和伯父商量就做出如此笨拙的行為，反而只會擾亂大嬸的情緒吧，不過父親大概也是忍不住非得那樣做不可。

父親已換上制服，在後院晾衣服。

我問他伯父去哪了，

「已經走了。早餐毫不客氣地吃了三碗飯。」父親用背影回答我。

他似乎有點難為情，聲音異常輕柔。在我記憶中，父親從來不曾這樣對我說話。雖然濕衣服仍帶著皺紋歪斜斜掛在桿子上有點凌亂，至少手勢毫不遲疑，已經顯得很熟練了。

我走近父親，把手裡的現金袋交給他。

「這是上次大嬸給的。她也沒對我說，偷偷放在她給我的袋子裡。」

父親默默點頭，老實接過現金袋塞進口袋中。

「改天再去上香吧。我也一起去。」

父親沒回答，再次背對我開始晾衣服。

「順便帶點智惠子喜歡的東西去。呃，酒應該也可以吧？我不太了解她。」

父親一邊動手一邊無力地嗤鼻一笑，回答道：

「如果帶酒去上供，小心她的鬼魂出現喔。」

「啥？」

「智惠子她呀，只要一口啤酒就倒。跟你一樣。」

在晨光中翻飛的衣服，雪白耀眼，攻擊我的視覺。

我想起那晚，哥哥一邊細心摺疊晾好的衣服，一邊對我說的話。

我中計了。他居然騙我。

視野搖晃不定。哥哥弓背縮成一小團坐在榻榻米上的背影浮現眼前。可是，背對我靜靜微笑的哥哥那張側臉彷彿被整團塗黑，讓我怎麼想都想不起來。折疊衣服的手，似乎也沾滿烏黑的油垢。

「我真不敢相信。真希望那只是作夢。我的家人也都非常震驚……」

坐在證言台的哥哥瘦削的背影，就像生病的老鼠。

皺巴巴的運動服，後頸蹭上汙垢有點髒。

「川端智惠子小姐生前與你的家人很親密吧？」

伯父宛如演員的宏亮嗓音響徹法庭。

「是的。她和我們從小就很熟。四年前開始來我家經營的加油站上班。」

「嗯——她工作認真嗎？」

「她是個非常認真的人。」

「也對你的指示唯命是從？」

「談不上唯命是從吧……畢竟只是私人的小加油站。不過她很誠實，也很機靈，是個稱職的員工。」

「你和這樣的智惠子小姐，可曾發生意見衝突，簡而言之就是吵過架？」

「沒有，我印象中幾乎完全沒有。」

「可是在吊橋上，你覺得她有危險，不是去扶她了嗎？當時，智惠子小姐為何會拒絕你呢？」

哥哥沉默不語。

「她對你說了什麼？要正確敘述喔。」

伯父壓低身體，發出對幼兒說話的那種聲調。

「如果還記得，你說說看。」

哥哥彷彿哪裡發癢，渾身扭來扭去，低頭發出細如蚊蚋的聲音。

「別這樣……」

「啊？什麼？再說一次好嗎？」

「她說『別這樣，不要碰我』。」

伯父皺起臉，似乎在拚命忍住洶湧的怒火般接著又說。

「你碰到她的胸部或臀部嗎？」

「沒有，我碰的是肩膀。」

「肩膀！然後呢，是怎麼碰的？你以前也碰觸過她的身體嗎？」

「沒有，我想幾乎完全沒有刻意碰觸過。」

「請你老實告訴我。被她那樣說，你是什麼感想？」

「……怎麼說呢……我很窩囊地想，她對我，該說是『生理性的』厭惡嗎，好像格外討厭我。」

我偷看坐在遠處的川端嬸。她用手捂住嘴，像在用力忍耐般垂下眼皮。

「以前也發生過類似情形嗎？」

「不，從來沒有。」

「你認為智惠子小姐為什麼會那樣？」

「這個，我不知道。」

「我問完了。」

接著是檢察官開始發問。檢察官和上次見到時截然不同，緊迫的氛圍似乎頓時緩和，只聽見他用柔和的語調開始對哥哥發話。

「女性的『生理性』反應真的很傷腦筋呢。我也經常被那方面的查核難倒。話說回來，你單身吧？」

「是的。」

「現年三十五歲。有什麼結婚的預定計畫嗎？」

「沒有。」

「那你考慮過把智惠子小姐當作對象嗎？」

惡俗的八卦態度簡直像娛樂新聞記者一樣沒水準。檢察官大剌剌，飄飄然地繼續說。

「她也是單身，好像馬上就是二十九歲生日了吧。這麼說或許有點那個，不過就本地風俗來考量，這個年齡理所當然該結婚了。你和她每天從早到晚一起工作，兩家人也幾乎都很熟。智惠子小姐本人的條件也很好，作為結婚對象，怎麼樣？周遭的人應該也是這麼看吧？」

垂頭的哥哥，耳朵像發燒似地染紅。

「這種事，也要看川端小姐的想法……」

「我現在是問你的想法！你對她有好感吧？」

我忽然感到作嘔。想到哥哥活到三十五歲還要被人公開詢問這種事的立場，我不由悚然。檢察官越講越往前傾身，看起來像個正要套問出朋友秘密的中學生。

「老實說，快點。」

「……呃，對。」

「是對異性的那種好感？」

「……對。」

我簡直看不下去了。不由把臉自哥哥的方向撇開。我好像終於明白伯父說的那句「要做好心理準備」是什麼意思了。

「你對她表白了？」

「沒有。」

「為什麼沒有！」

可以聽見哥哥緩緩調整呼吸。似乎在負隅頑抗，努力不被檢察官的氣勢壓倒。

「因為，我向來不受女人歡迎。如果被她拒絕了，我怕以後彼此工作都會不自在。」

「但你們平常關係很好吧？」

「是這樣沒錯。」

「可你還是沒有自信？」

「那和喜歡是兩回事……」

「打從一開始就兩情相悅的完美情侶，其實並不多喔。你該對自己有信心！」

檢察官這麼撂話後，意外輕盈地挺直原本幾乎朝哥哥那邊融化流淌的上半身，輕聲乾咳了一下。

「言歸正傳，根據甲字十七號證的被害者遺體鑑定報告，」

檢察官的語氣，已完全抽離之前的親暱。

「涉及死因的諸點姑且不論，從陰道驗出微量的精液。研判應是案發的前一天射出。經過DNA鑑定後，發現這個精液並不屬於被告人。換言之她在案發前一天想必和被告人以外的男性發生性交。被告人，請問你之前就已察覺這個男人的存在嗎？」

伯父真正想說的，原來是這個。「被告人以外的男性」是誰，伯父顯然已有推測。

「你沒有向智惠子小姐求婚，是因為早就知道她另有異性關係嗎？」

「……」

「你怎麼不說話了？你是不是早就知道，深感嫉妒？是不是內心早就一肚子火氣？而且，是不是正因為你流露這種妒恨，令智惠子小姐對自己的自由戀愛也深感壓力？怎麼樣！請你說句話！」

嘩啦嘩啦的水流聲響徹大腦。

是的。哥哥早就察覺我們的情事。明知身為弟弟的我和智惠子上過床，他卻保持沉默。哥哥一直在嫉妒。想必，連我以前和智惠子交往過的事，他都早就知道了吧。從小，關心智惠子、對她溫柔相待的明明是哥哥，壓根沒把她放在眼裡的我，卻幾乎毫無理由的，只因為覺得她變得有點可愛，就輕而易舉把她變成自己的女人，這點哥哥必然也早有所覺，嘗到了敗北感。趁著我拋棄她前往東京、與老家疏遠的機會，哥哥擺出活菩薩的姿態收留智惠子在加油站工作，那樣哥哥大概就滿足了吧。哥哥很低調，慾望很小。智惠子別說是被求婚了，肯定連被人追求的經驗都沒有，但她肯定很怕自己無處可逃，只能任由年華老去。但就連那個，其實也是哥哥設計的陷阱。哥哥肯定一直在等著果實熟透，散發出任誰都不想碰觸的腐臭。太狡猾了。他不抗爭，不受傷，也不去贏取勝利，只想吸吮零落賣剩的果實汁液，就這麼白撿便宜。而且，這樣也不會被周遭任何人記恨或責難，得以悠然度日。哥哥這種人生在我看來很怠惰。智惠子更是幾乎被那種窒息感逼得慘叫。否則，她怎麼會和我這種以前拋棄她的負心漢上床。這一切全部都是哥哥設計的陷阱。他在考驗我。愚蠢的我竟然沒發現，還在那兒傻呼呼的，但智惠子敏感地察覺到了。她說「這裡已經待不下去了」、「那個人很可怕」。哥哥的可怕，她明明已經發現了，我卻充耳不聞，間接害死了她。是哥哥引發事件，摧毀了一切，還想蠱惑我。這就是哥哥的復仇。哥哥其實恨我入骨……。

然而這是真的嗎？真的嗎？是真的嗎？哥哥。錯的是我沒關係，就算你真的殺了智惠子，也無所謂了。我只想問你，到底是怎麼看待我的？

撲通！巨大的水花聲在腦中重重響起。

「……對不起。啊，原來是這樣啊……」

坐在證言台前的哥哥，仍舊低著頭，發出細微的話語。

這時，我驀然回神，凝視他弓起的背影。

「你說什麼？」

「居然有那樣的男人存在，我完全沒發現……」

哥哥的聲音徬徨無助。

「如果她已有男友，那我對那個人，也造成了無法彌補的困擾……」

「不不不，不對！你怎麼可能完全沒發現對方有男人，你們可是天天在一起……」

哥哥對激動得聲音拔尖的檢察官置之不理，慢條斯理從椅子站起，轉身面對旁聽席，深深一鞠躬。

「真的是，呃，非常抱歉……」

哥哥就這樣打住，只是一直低著頭，沒有抬起身子。從他低垂的臉頰，似乎有一顆發亮的珠子，筆直墜落地板。

收到伯父通知的親人，沉醉在勝利的氛圍中。

最後，檢方並沒有足以證明哥哥有罪的關鍵性證據。

借用居酒屋自行提前慶祝勝利的洋平，雖被伯父責備高興得太早，但最後二人還是攜手相慶，興奮得唱起歌來。父親雖然有點手足無措，不過他的臉上也流露安心的釋然。

我身為案發當時唯一在場的人，同時，身為深知哥哥為人的弟弟，背熟了伯父編寫的縝密模擬問答題，全力備戰準備扮演證明哥哥清白的重要角色。

再過不久，哥哥就要回來了。

❶ 紙相撲：用紙片做成二個相撲力士放在台上，藉由震動做出類似相撲的動作決勝負，是日本自古即有的遊戲。

第六章

早川稔的獨白

說照片那種東西難懂，其實我也一樣不懂。

不過，那真的是好照片。如果你看了，肯定也會有同感。不知那是在哪拍的，是美國？還是歐洲？我應該曾想過有一天自己也要去看看，但我忘了。照片拍的是很遼闊的湖面，在陽光照耀下水面粼粼閃爍，我覺得是白天，但天空像夜晚一樣不可思議地昏暗。再仔細一看，遠處有一艘無人的小船漂浮。不知為何會在那裡。就只是兀然漂在水上。不，並不孤寂喔。雖然看似孤寂，卻又似乎非常悠然自得。真是不可思議的照片。我好喜歡，甚至還想過要把那張照片放大沖洗，掛在我們店裡。我很久以前就拜託過我弟弟。可是他笑了。他說那得回去找底片，但他好像轉頭就忘了。

阿猛，你回想一下那張照片。我真的很想把那張照片掛出來。因為我覺得這樣的話，我們的加油站看起來應該會比較好看。拜託啦，等我獲釋，就當作是我回來的紀念好嗎——我隔著壓克力板這樣哀求他。但我弟弟眼神晦暗，只是文風不動盯著自己的手。好像完全沒聽見我在說什麼。

然後他對我說，

「告訴我事實。」

他抬起頭，定定凝視我的眼睛。那是多麼悲傷的眼神啊。

好像失去了什麼，充滿徬徨不安。明明是想從我身上取回那失去的東西，可是，看起來也像是確信已不可能從我身上取回。

然而，這麼多年來，那個弟弟可曾如此認真地正眼看過我？阿猛一邊質問我，自己卻先畏縮了。真奇怪。那個阿猛，居然會怕我！他認真地凝視我的臉，神色凝重得彷彿將人生都賭在我的一句話上。我好開心。好興奮。同時也好失望。那個一直像太陽在頭上發光的我的阿猛不見了。我終於失去了一切。

我就說出事實吧。我的弟弟不相信我的無辜，這是事實。

在那吊橋上，被弟弟緊緊抱住時我就明白了。

我心想，啊，這孩子，不想變成殺人兇手的弟弟。

僅僅如此而已喔。

我真不敢相信！阿猛這樣高喊。他說，我怎麼可能懷疑哥哥！

明明就是你吧，我說著笑了。這段日子你不是一直懷疑我嗎？打從一開始，你就沒有相信過我吧。但我不會叫你相信我。因為阿猛你是我的弟弟。是我的驕傲，我的寶貝。你一直耀眼得要命喔。

阿猛的眼睛通紅暴怒。大吼大叫，把原先坐的鐵椅朝我扔過來，然後就走了。我還以為壓克力板會被打破呢。阿猛對我那麼生氣，應該也是第一次吧。

站上證言台的阿猛，穿著光澤非常高級的西裝。簡直像換了一個人。帥呆了。能夠把西裝穿得那麼好看的男人，恐怕找不出第二個。不是我替自家人說話。就連東京，大概也不多見。

「我發誓會秉持良心說出事實，毫不隱瞞，真誠無偽。」

阿猛的聲音不高不低，那種聲調彷彿撫過肚子最舒服的地方。我心想，真是一把好嗓子。

「家兄以前很善良，是非常正直的人。我沒有任何東西足以傲人，但唯有家兄不同。唯有他可以信賴，我也只和他保持連繫。結果一切都變了。他本來不是會說出如此巧妙謊言的人。到目前為止，我一直假裝不知情。我想庇護家兄，也以為庇護了自己。但是，我已經受夠了。就算說出這件事會令我與家兄決裂，二人從此都過著悲慘人生，但是為了找回我原本的哥哥，我還是想賭上自己的人生，說出真相。」

阿猛就在眼前，坐在距離我的座位不到二公尺的地方。那天，已經不再有壓克力板和法庭的柵欄阻隔我們。我甚至能夠感到阿猛的氣息。

伯父拚命想制止阿猛，但審判長不答應。當阿猛被問到真相是什麼，他開始鎮定地緩緩訴說。

我在吊橋上
看見哥哥逼近智惠子
二人在搖搖晃晃的橋上扭成一團
她被哥哥推下去
發出尖叫
墜落橋下
我，親眼看到了

宛如聆聽一首詩篇。伯父從位子跳起來，恨不得一把揪住阿猛似地逼近他，朝他怒吼，之前一直四平八穩的審判長也扯高嗓門提出警告……這一切好像都是在水中發生，有種不透明又遙遠之感。一切的一切聽來模糊，輕飄飄且朦朧，大家都像溺水般拚命往上掙扎。其中唯獨一人，唯獨眼前的阿猛格外清晰地浮現。我們兩人，彷彿是棲息在同一片水域，唯二的同種生物。

巨大的漩渦平息，一切沉落，法庭再次恢復靜謐。

審判長說：

「證人，那段記憶，你確定嗎？」

阿猛聽了，倏然抬起頭正面回答。

「正如我剛才的宣誓。」

溫煦的夕陽倏然照在那張側臉。弟弟的臉，不知為何非常清爽，不像男人，也不像女人，有種不可思議的神聖。

對了。我想起母親死後，收拾儲藏室時翻出來很舊很舊的掛軸畫卷。出賣我的男人，臉孔就像那畫中的觀音菩薩一樣美麗。

片岡先生，等你出去了，記得去書店代替我看看那張照片。我想肯定還在賣。就在攝影集的最後一頁。不過一定要去大型書店才有喔。片岡先生是要回哪裡來著？名古屋嗎？名古屋的話，很好喔。那本攝影集叫做「NOD」。不是「喉嚨（nodo）」。是「NOD」。是洋文喔。你沒聽說過吧？我也沒聽說過。據說是聖經裡提到的，殺死弟弟的兄長被放逐到伊甸園東的地名。冥冥之中自有因果呢。阿猛果然就是有品味。

哎呀，好像下雪了。你瞧，窗口那邊，好像有積雪發出白光。難怪我覺得好冷。片岡先生，你的腿會痛嗎？我替你揉揉吧？

有什麼關係。再等一下就好。再過不久。不用等待春天來臨，你也很快就能回到溫暖的家了吧？到時候，肯定就可以好好睡覺了。晚安。

第七章

早川猛的獨白

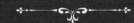

現在幾點了？

這麼詢問後，編輯青野告訴我已經快十點了。

已經入夜了嗎？一直待在不見天日的暗室，令我完全喪失時間感。我說，那我現在就把沖洗出來的照片送去，但對方略顯困擾地說：

「現在嗎……」

若是以前，我肯定立刻翻臉，毫不遲疑地掛電話了，可現在連那種被冒犯的感覺都沒有，我殷勤地接話說，「那就要等到明天了，不好意思。」合作了十年的青野，也開朗地說著言不由衷的話：「沒關係，隨時都可以。」

說不定，這將是我最後一本攝影集。

我想找出很久以前的底片，以「回顧集」的名義集其大成。我已經無法再拍照了。身體還不到衰老的年紀。技術也還在，所以還能糊口。但是，我自己知道。我拍的已經不是照片。

我思忖自己當日恐懼的是什麼。

變成「殺人兇手的弟弟」後，生活並未出現太大的障礙。雖然我看到的「景像」讓哥哥被關入大牢，社會大眾對於這樣的我，也沒有做出想像中那麼嚴厲的批判。法庭這種密室發生的事到頭來並未傳入太多人的耳中，知道詳情的幾人之中，甚至有人吹捧「說出真相」的我是多麼有勇氣與正義感。但那個期間也很短暫。當然有段時期我與周遭眾人之間瀰漫緊張感，關係性也改變了，但是隨著時間過去，發生的事情被人遺忘，流言蜚語也逐漸淡去，如今幾乎所有的人都不知道那件事。關係的變化，不是那件事造成的，是我自己改變了。我的眼睛，從那之後，再也無法捕捉任何東西。

也不知道父親現在怎樣了。

伯父去年初忽然寄來賀年卡。

「今年預定結束營業。愛犬死去我也失去霸氣。」

只有這麼寥寥數語。

結果我沒回信，也沒打電話。也不知道父親與伯父後來有無聯繫。我不是在逃避麻煩。已經沒有任何人追逐我。也沒有人需求我。然我對自己的所作所為並不後悔。

即便成了殺人兇手的弟弟，即便成了出賣兄長的弟弟，即便眾叛親離，心靈遭到腐蝕，但我所見到的誠實無偽。我所傾訴的亦然。當日我毅然面對麻煩，戰勝了它。我殺了一個曾是兄長的男人。

把影像曝光的相紙浸泡在液體中等待顯像之際，我蹲在暗房的地板上，從長時間沒碰過的凌亂櫃子深處，硬生生拖出塞滿學生時代底片的箱子。結果擋在面前的紙袋嘩啦倒下，袋子裡的東西全撒在地板上。

全是七、八公分見方的單薄小盒子。一股腦撒出的幾十個小盒子，淹沒了我的膝蓋。

帶回來後，我始終不曾打開檢視就這麼丟在一旁。全是八釐米底片。倒下的袋子後方，櫃子底下的暗處，蒙塵的方形機器儼然坐鎮。與櫃子裡塞滿的各種雜物並肩，並沒有壓迫其他東西的強烈主張，但是對於自己被長年冷落也沒有任何羞愧或膽怯，堂堂正正地面對我。是FUJICASCOPE・SH9放映機。那行文字，微微被暗房內的紅光照射，燦然發亮。轉眼已過了七年。

這時玄關的門鈴響了。

我赫然一驚，當下低頭窺看盛裝顯像液的盤子。正確的時間早已過去，整片變得黑濁的相紙，在液體中款款蕩漾。

開門一看，眼前站著抱孩子的年輕父親。

他朝我一鞠躬，「好久不見。」說著露出坦然的笑容。特別整齊潔白的門牙。是洋平。

昔日斑駁褪色又糾結的蓬亂金髮，如今變成深栗色梳理得整整齊齊，他的女兒胖嘟嘟的小臉頰埋在他那看似觸感柔軟的針織衫上。紅光滿面的臉孔在下巴一帶已有贅肉，看起來完全是個有家室的好男人了。我忘了驚訝，也忘了心慌，當下不禁笑了出來。

在洋平眼中，年近四十的我不知看起來又是怎樣。

我應他之邀前往都心的家庭連鎖餐廳，與他的家人共餐。據說他們一家是因為他妻子位於千葉縣的娘家有事，特地開車回來的。洋平後來成為加油站的正式員工，現在好像還在那裡上班。雖是七年前無法想像的情景，但他拿衛生紙壓在小女兒臉上替女兒擤鼻涕的模樣，還有親切的妻子面對初見面的我就親熱喊「猛哥」的態度，有種彷彿打從以前就一直這麼相處的安定感。洋平對於讓我目睹他的變化，把我拉進他們的生活領域，似乎毫不猶豫。那是不會被任何人苛責、踏實紮根的生活。我對他們的出現和那種親熱態度並不覺得不快，但他們的存在，與漂泊不定的我湊到一起時的格格不入，卻不得不令我苦笑。

我很怕和小孩相處。談不上討厭，只是完全不知道該用什麼態度應付。小孩憑著與小貓小狗一樣敏銳的嗅覺察覺我的敬而遠之，也對我提高警戒。但不可思議的是，洋平的女兒似乎覺得我很親切。小孩黑白分明的眼睛和她媽媽一模一樣，笑起來完全是洋平的嘴型。

「她喜歡帥哥。小丫頭心裡清楚得很。」

「很糟糕吧？如果人家長得不好看，她的態度完全是另一回事。」

「理惠，把拔和大哥哥誰比較帥？」

「大哥哥。」

「真不敢相信！那妳去當大哥哥家的孩子！」

「不要。」

一如送來的蛋包飯散發的蒸氣，溫暖、濕潤的空氣，籠罩我們的桌子。然而，洋平為何來找我，為何邀我共餐，我已隱約有所察覺。

他妻子堅持要請客，先離開去買單後，洋平這才慢條斯理切入正題。

「稔哥已經服刑完畢了。聽說就是明天出獄。我們收到通知了。」

據說是獲得假釋。洋平兩眼發亮，正面凝視我的臉孔，等待我應有的反應。然而，我無法配合。我並非不擅長說謊。問題是，我只會說那種保護自己的謊言。我感到心煩意亂。

「那，拜託你了。」

冒出口的話語言不由衷。

洋平像要為自己的態度冒犯之處致歉，朝我抱以苦笑。然後，他開始斷斷續續，難以啟齒似地談起我父親。據說父親開始出現失智的症狀。與受刑人面會，僅限家人。父親不再去面會後，哥哥的近況似乎連洋平也無法得知了。「狀況好的日子，店長還是會去店裡啦。」雖然洋平如此聲明，但父親顯然已經無法和他人正常溝通了吧。

那樣的父親。

「所以稔哥是否會回來……」

我逃避洋平那死皮賴臉懇求的視線，勉強擠出話語。

「那個我做不到，洋平。我想他應該不會回來。是不能回來吧。」

「怎麼會。他可是猛哥的親哥哥！」

「我已經不把他當成哥哥。他應該也是。那樣子，感覺比較舒坦吧。」

想到這個毫不相干的年輕男人不知扛起了多麼重的包袱，我覺得算跪地磕頭也不足以表達歉意。然而，你是不會懂的。我們已經斷絕關係了。無法修復。那是我倆對彼此的懲罰。法律施加的制裁七年就結束，而我倆的制裁，是無期徒刑。

「我不懂。猛哥，你那時不是說過，那樣做是為了找回自己的哥哥嗎？不就是為了那個緣故才把他弄進監獄？」

洋平的左頰不停抽搐。

「我真的不明白。如果我是他弟弟，絕對不會那樣做。我不認為你的行為是對的。」

「你就是來講這個？」

「請你把那個人還給我和老爹！是你奪走的。你這樣做，到底得到了什麼！」

他哭了。他拚命忍著不讓眼淚落下，因憤怒與輕蔑而顫抖。

我無話可說。

這時理惠把她一直乖乖在畫本上描繪的鬱金香推到我手邊，「你看。」

洋平忍無可忍地站起來，從我身旁把女兒的身體抱離椅子，牽著那隻小手，就此走出餐廳。

我沒搭計程車，步行回到家時，已過了三點。

東京的冬天很冷。吹過大樓之間的冷風幾乎深入骨髓，甚至連身上的衣服，都令肌膚感到粗硬冰冷。

自從不再雇人後，事務所寬敞的客廳也像學生時代的住處一樣變得亂七八糟。雖然我一直對自己辯解是因為東西太多、因為有暗房，始終不肯悔改，實際上這裡的房租也逐漸令我不堪負荷。但在我考慮打腫臉充胖子這個問題之前，猶如垃圾堆的房子幾乎就已無人出入了。

至少得把沖洗出來的照片收拾一下，於是我勉強抬起疲憊的雙腳，踩著地上散落的外賣披薩盒子和脫下的衣服之間的空隙走進暗房。醋酸的氣味猛然刺激大腦。打開日光燈後，依然保持我離家時的狀態，八釐米底片盒散落滿地。

這些東西，也該扔了吧。

這麼想時，躺在自己腳下正下方的盒子上母親的字跡映入眼簾。

「蓮美溪谷的回憶　1980・9・8」

霎時之間，我悚然凍結。但是，那是我五歲時。一九八〇年。

然後我發現，血液一下子在體內四處亂竄，體溫隨之上升。我熱切地趴在地上，自櫃子深處拖出放映機。

機器「嗡——」發出預想以上的巨大雜音開始轉動底片。喀搭喀搭……這脆弱、古老的聲音響徹客廳。被菸油熏黃的牆壁上，那片樹林，那條溪流，重現眼前。

揮舞小樹枝般的細小胳膊，頂著橡子髮型的小男生正一心一意朝著水潭深處扔石子。

畫面一角，又有個小號的三頭身橡子頭蹦蹦跳跳跑進來。

小號橡子頭忽然在滾圓的河岸石頭失足滑倒，蹲著不動。

才見他緩緩抬起頭，已經整張小臉皺成一團哇哇大哭。他的嘴巴開開合合，看起來正拚命訴說什麼。

這時母親從畫面外奔向小號橡子頭身旁。

那是穿著及膝的亮麗花色連身裙，膚色白皙的母親。及肩的頭髮輕飄飄地甩來甩去。

小號橡子頭彷彿世界末日來臨，越哭越起勁。大號橡子頭不再扔石子，跑過來蹲在旁邊，用手替小不點拍拭骯髒的膝蓋。母親在笑。一邊笑，一邊撫摸橡子頭，湊近那張小臉說了些什麼。小號橡子頭哭夠了，終於滿足地對母親展顏一笑。

母親忍俊不禁地仰望鏡頭這邊。

對著正在拍攝這捲底片的父親。

關於橡子頭的記憶，我絲毫沒有接收到。然而，相機隨即交到母親手上，在那鏡頭中，像傻瓜一樣與年幼的哥哥及我嬉鬧的中年男人，分明是我的父親。年輕，頭髮也濃密蓬鬆，穿著淺藍色休閒褲，花色奇妙的開襟襯衫，彷彿是另一個人。但，那的確是父親。

父親的相機鏡頭，隨著二個兒子所到之處，如跳舞般如影隨形。

兄弟倆開心地嘻笑，玩耍。可是，觀看的我深感不安。因為我完全不記得。比起懷念，那種空白更可怕。過去我從來不曾懷疑。對於「父親不愛我」這個概念。

如果，是我的心左右我的腦袋，讓記憶的鈕扣扣錯了地方。

如果……。

映在牆上的年幼哥哥，從昏暗的森林樹叢朝鏡頭這邊揮手呼喚父親。

相機進入暗處後，哥哥的身影瞬間暗沉。唯有他的胸前，兀然浮現白色物體。

是花。

父親的相機猛然貼近那個。當日我透過相機觀景窗看見的白花，如今在房間的牆上，大幅暴露。

那溪流的潺潺水聲，那綠蔭蔽天的樹葉縫隙，那遠方的吊橋。

年幼的兄弟倆，步伐蹣跚走過崎嶇的岩石堆。

哥哥靈巧地運用手腳，勉強爬上足有身體那麼高的大石頭。爬上去之後，他向後轉身，低頭窺看正在吃力使勁，搖搖欲墜的弟弟。

弟弟伸出肉呼呼的小手。哥哥纖細無助的小胳膊從上面拽住那隻手，把他拉上去。沒有成功攀登就再一次。哥哥用力握緊那隻手，而弟弟，也緊緊回握。

一次又一次。直到我爬上石頭。

智惠子的身體後退。她不慎將手放在腐朽的橋面空隙，向後翻倒。哥哥忘記自己的恐懼，飛奔上前。

智惠子劃過空中的雪白手臂，被哥哥曬得黝黑的手緊緊拽住。智惠子的身體已經落到橋外。智惠子緊緊反握住哥哥手臂的那隻手，慢慢地，慢慢地，向下滑落。然後二人的指尖互相擦過，吊橋上，只剩下，哥哥一人。就像小橡子頭跌倒時那樣，雙膝跪地，彷彿世界末日來臨，抽泣不止。

牆上映出的吊橋上，我與哥哥，二人攜手走過。

形勢逆轉，這次是小不點拉著哥哥走。我一次又一次轉頭，看著緊握繩索一步一步走得膽戰心驚的哥哥，我那張好像覺得這一切很好玩的笑臉，最後來到陽光下，變得白濛濛再也看不見。

隨即，籠罩室內的黑暗毫不留情被黎明侵犯，映在牆上的，全都隨之朦朧，消融。

我無法支撐自己的身體。光線太刺眼，只能蒙住雙眼。我只是任由自己深深倒在堆滿垃圾的地板上，就此沉淪。

無論在誰看來都很明顯。直到最後，都是我掠奪，哥哥被掠奪。

但在一切縹緲虛無的流動中，雖然搖擺不定卻是唯一確實架設的纖細吊橋上，一腳踩空的人，其實是我。如今，在我眼中這才是明確的景像。

都心的小鳥啁啾。告知早晨的來臨。

我想原諒久久沉溺在垃圾中的自己。而且盼望若能就此躺著永遠冰冷該多好。然而，漸漸射入的晨光毫不留情地溫暖了身體，告知無法逃離的每一天來臨。然後我將被納催促著爬起，再次犯錯嗎？沒有人會原諒我吧。不過，就算犯了錯，就算已失去，除了再次伸出手，大聲呼喊之外，現在，我找不出還有自己活著能做的事。

腐朽的橋板重現眼前，腐朽的欄杆能夠撐住嗎？

那座橋，是否還在？

幾乎被棄置的福特汽車，在戶外停車場如同替死人化妝般裹上一層白霜。我一頭衝上車。車內的冷空氣令身體顫抖。已經過了七點了。距離哥哥出來，還有一個半小時。眼前一片模糊，鼻水長流不止。我插入鑰匙轉動，試圖發動引擎，但轉了又轉，車子只是發出吱吱的刺耳噪音，立刻停擺。看到中年男人被這輛外觀氣派卻只會發出怪聲的美國汽車氣得抓狂拚命槌打方向盤，整張臉都皺成一團，上學途中的高中女生忍不住偷笑。

啊，太慘了。慘不忍睹。

但是，怎樣都無所謂。拜託你，引擎大神啊。再一次就好。

第八章

岡島洋平的獨白

手裡的海棉，吸飽從水管口溢出幾乎凍死人的水，我的手腕以下都已變得通紅，不過骨子裡的熱氣似乎尚未冷卻。

昨天是我這輩子第一次打女兒。

我對許多人動過拳頭。打人根本不算什麼，被打也是。甩耳光這種事，只不過是表達今後好好相處的招呼方式。不過，那對我而言已是遙遠的歷史。第一個讓我不用動拳頭也能相對微笑的外人，是早川稔。失去早川稔之後，我還是一直努力試圖維護我被那人重新改寫的嶄新歷史。如今居然輕易破戒，而且是因為對自己親生的、幼小無力的女兒動粗而打破，太誇張了。

妻子默默迎接未能帶著猛哥回到車上的我。雖然她小心翼翼說「我來開車吧」，但我拒絕了她，逕自發動引擎。打檔啟動之前，我往視野前方的家庭餐廳入口台階瞥了一眼，但猛哥沒有追來的跡象。結果我就這麼空著副駕駛座踏上歸路。

東京的夜晚到處都很明亮。閃閃爍爍自眼前掠過的霓虹燈很煩人，我恨不得盡快離開這璀璨的城市，於是加快速度。這時坐在後座兒童安全椅的女兒，冷不防咕噥。

「把拔，我把東西忘在餐廳了。」

「什麼？妳忘了什麼東西？」

妻子問。

女兒沉默片刻。

「什麼都沒忘記帶呀。妳的畫本也在。奶奶買給妳的玩具，媽咪也幫妳拿了。」

「我有東西想要。」

「妳想要什麼？」

「餐廳有我想要的東西。」

「是什麼？是玩具嗎？」

「對。」

「理惠，妳看到玩具了啊？」

妻子問女兒是什麼玩具，但女兒只會說「很可愛」或「上面有花花」，語焉不詳聽得我們一頭霧水。期間我的車子繼續快速奔馳在深夜的東京道路。

「把拔，我想去餐廳！」

女兒揚聲說。

「已經很晚了，妳該睡覺覺，要趕快回家了。」

「不要！」

女兒就是不聽。我覺得很奇怪。我的女兒，很少會這樣子。帶她出去時，就算起初很興奮，只要我或妻子對她說明那是什麼樣的場所，她通常可以聽話地控制自己。明明是我的小孩，這點很不可思議。

改天再找同樣的東西吧，我們家附近也有同樣的餐廳，下次去那裡找吧——即便這樣哄勸，女兒還是堅持不肯接受。我漸漸感到煩躁。車子筆直進入高速公路的交流道，通過收費站閘口。

「我們已經走上快速道路了，不能回頭。理惠，妳今天很奇怪喔。之前不是都很乖嗎？為什麼偏偏這時候講這種話？妳解釋給把拔聽。如果把拔聽懂了就考慮答應妳。」

我壞心眼地說。女兒沒搭理我，只是越發抗拒。她叫嚷著回頭、回頭、走下快速道路！在兒童安全座椅上拚命踢動雙腳踹我的椅背。理惠香！妻子怒吼的同時我已打亮方向燈，在路肩緊急停車。我下了駕駛座，拉開後座車門。

「妳給我出來。想回頭就自己去！」

女兒哇哇大哭。我又伸手想解開女兒安全座椅的安全帶，女兒用小手抓住我的手臂反擊，哭嚷著討厭！討厭！討厭！女兒根本不想要什麼玩具。她其實是親眼目睹我與猛哥的對話感到心痛。她察覺了我的失意。我很清楚。可是，我的右手卻掙脫那隻小手，然後順勢打上那柔嫩的左臉頰。

「洋平！」

妻子從後座探出身子，呼喊我的名字。

這個人，只有在她想說真的很重要的話時才會這樣喊我。

我只是呆站在敞開的車門旁。就在我後方，汽車高速呼嘯而過。我的身體顫抖。我懷疑昔日的我又回到自己體內。我怕從今以後，我會變成不斷傷害家人身體的男人。變成和死去的老爸一樣的人。變成讓自己的孩子詛咒「老爸怎麼不去死」的人。

妻子的父母不是會動粗的人。我原本以為，沒有遭受過暴力的人面對暴力時會害怕、會亂了手腳。可妻子很鎮定。她輕輕解開彷彿變回小嬰兒哇哇大哭的女兒肚子前面的安全帶，讓那小小的上半身窩進自己懷裡，把女兒抱到膝上。

「理惠。妳要照把拔說的從這裡自己走回去嗎？」

女兒一邊嗚嗚抽泣，坐在她母親的膝上像要抹眼淚般搖頭。

「不去嗎？那，妳只好死心了。對吧？」

妻子朝我看來，使個眼色。我當場屈膝跪下。女兒不願離開母親身上。或者該說，她遲疑著不敢投入我的懷中。我也害怕主動伸手。但是，妻子對女兒耳語，催促女兒。我戰戰兢兢接過女兒僵硬的小身子，然後抱緊她。

「對不起。把拔以後不會這樣了。」

女兒嗚嗚哭得更兇了。

「不過，把拔也死心了。」

女兒的身體，一點一點地緩緩放鬆。

細滑如絲的頭髮隨風纏繞我的手指。妻子懷了這孩子後，我們就結婚了。那是稔哥進監獄一年半之後的事。本就寡言的店長變得越發沉默。智惠子死了，稔哥去了警局，我雖然困惑，但是，看到霸道的店長整個人變得委靡不振，起初內心也暗自有點痛快。不過，雖然我近距離旁觀了一切，只因為沒有血緣關係，我無法讓任何事物好轉，這讓我感到難以言喻的空虛。所有的事物都疏離地與我隔了一段距離被決定，我只能被動接受。靠著孝順的兒子，以及原本應該會成為兒媳婦的女人而成立的早川燃料店，如今只剩下我與店長二人。失去兒子後，店長的衰老方式很不尋常。我很慌。我想，或許我唯一能做的，就是繼續支持這個人。

店長得知我要結婚非常高興。我老爸死後，老媽這邊堪稱毫無親戚，因此婚禮的家屬席，是店長代表出席。婚宴就在我們鄉下的小型婚宴會場舉行，菜色難吃，也沒有換衣服敬酒那一套。但我得到了雖然微不足道，卻很確實的小小幸福。

撫摸著女兒的小腦袋，我在想。為何那對兄弟無法得到這種小確幸？我的人生絕對談不上犯錯不多，和他們的，他們所謂的「正常人生」，究竟又有多大的差別呢？如今妻子的腹中，又有了另一個新生命。未來有一天，因為某種曖昧的契機，我這甜蜜得甚至有點苦澀的關係，也會有斷絕的時候嗎？我忽然萌生莫名的恐懼，再次緊緊擁抱懷中這柔軟的小生命。

白色洗潔精的泡沫汩汩流淌，自己映在客人車窗上的臉孔，被水流弄得不停搖晃變形。好安靜。二年前大型幹道開通後，這個加油站前的道路頓時車流量大減。以前這個時間正是通勤的高峰期，充斥著車子引擎聲，以及摩托車呼嘯而過的噪音，現在卻只有從車身滴落腳下的水聲滴滴答答響徹加油站，「宛如潑了冷水般的靜謐」就是形容這種情形嗎？不，不是吧。就算想問，現在這裡也只剩下比我的腦袋更笨的飆車族。

這時背後忽然有噗噗噗的噴發噪音逐漸接近。是汽油沒有完全燃燒就排出廢氣的聲音。八成是車子溫度過高的客人，不——。

我滿懷確信轉身。是那笨重、宛如地鳴的引擎聲。

壽命到此為止了吧。恐怕開不回東京了。是那輛雪白的，一九六四年車型的福特旅行車。

巨大的車身上下左右晃動，用比自行車還慢的速度緩緩滑下來的身影，讓我想起妻子當初懷著女兒即將臨盆時的模樣。距離我們加油站還有三十公尺，引擎便悄無聲息地停擺，引擎蓋微微冒煙，靠著下坡路的幫助才勉強滑行到這裡。

我仰望加油站的時鐘。

……我不知道。不，一定來得及。

我呼喚工讀生的名字。把還在冒出水花的水管隨手扔給他。

福特汽車滑到店前的人行道後，終於緩緩吐出最後一口氣就此壽終正寢。猛哥說了什麼，但我聽不清楚。我已經拔腿跑出去了。我筆直衝向停在加油站角落的送貨用小貨車。

嗡嗡嗡，小貨車的引擎高亢咆哮。

扔下福特的猛哥，才剛把屁股一半塞進副駕駛座，我已將油門踩到底。加油站的笨蛋們，會把那輛福特移到妥善的位置嗎？算了，那個我也不知道。

拜幹道所賜，路上很空曠。穿過市區，穿過沒有綠意、連枯草都沒有的田間小路。這條路是捷徑，而且我知道可以想飆多快就飆多快。看來我以前的歷史也沒那麼糟糕。單薄的車身一旦飆出九十的車速，施工偷工減料的鄉下道路那種崎嶇不平頓時震動身體，整個人跟著劇烈搖晃。簡直像來到遊樂園。途中有個老爺爺從田裡爬上來，差點撞到他。拜託，誰也別來擋路。

我們都沒開口，只是筆直面對前方，聆聽小貨車狂怒的咆哮。我知道猛哥不時偷瞄手錶。如果是今天出獄，這個時間應該已經出來了。但是，那又怎樣。我怎麼可能讓這個做弟弟的人趕不上。直到剛才還浸泡冷水早已麻痺的手掌，此刻汗出如漿，握緊方向盤時感覺很不舒服。

我懷疑自己是否搞錯日期。看守所的大門很安靜，甚至令人懷疑這裡是否真的會有那種人出入。

男警衛隔著柵欄表示，今天出獄的人已經全都出來了。即便我描述稔哥的特徵，他似乎也毫無印象，我束手無策，對方說聲「沒事了吧」就離開柵欄。我很想高聲嗆他：把人關了七年，到底眼睛都在看什麼！但他穿的是街上常見的民營保全公司的制服。全身微濕的汗水，被北風一吹冷得刺骨。

回到小貨車，猛哥直視正前方呆坐。

「八成是正巧前後腳錯過了。打電話回去問問看吧。店長應該在家。」

「算了。不好意思。謝謝你。」

他的語氣平靜得令我懷疑他以前是這種語氣的人嗎。我想起曾是他兄長的那個人的聲音。

話說回來，就算回加油站又能怎樣。但是，已經沒有留在這裡的理由，也沒有其他去處。我再次，這次是緩慢地，發動引擎。

驅車行駛時，我不斷偷窺坐在副駕駛座的猛哥。

那張正面承受上午陽光的臉孔，比起昨晚在家庭餐廳看到時，多了很多惹眼的細小皺紋。令人聯想到歷經風吹日曬外牆已斑駁腐朽的老建築。任何人都會老去——這件事本身，就是這麼回事嗎？抑或是湊巧只能用這種方式老去？而且，誰都無法阻止這個男人這樣繼續被摧殘嗎？

突然間，猛哥的大手覆蓋在我握方向盤的左手上。

「停車。」

為了駛入眼前的大馬路，我本來已打亮左轉的方向燈，只等綠燈亮就要加速前進。猛哥右手的力道強大，我的方向盤一歪。

「等一下。」

「洋平！」

我一頭霧水，但我想他應該是發現稔哥了。

左轉進入大馬路後，我立刻停車。

猛哥像中邪似地衝出車外，立刻朝車子行進的反方向奔去。

我也急忙鑽出駕駛座，遠眺猛哥奔跑的方向。

馬路對面人行道的遙遠前方，有個陌生的男人頂著中學生那種光頭，拎著大包包踽踽遠去。

那個人，會是稔哥嗎？

但猛哥似乎毫不遲疑，一眨眼已朝男人的方向奔去。對著那個男人不斷呼喊哥哥！哥哥！

然而行駛在大馬路的汽車噪音，輕易蓋過他的呼喚，男人瘦小的背影毫無所覺，坦然自若地越走越遠。交會的車輛川流不息，找不到任何機會過馬路。

然後，就在他再次呼喚哥哥時，男人忽然朝我們這邊轉身。

但我還是看不清楚。那是稔哥嗎？

這時男人發現猛哥，不僅沒有駐足，反而突然逃命似地拔腳就跑。

緊貼我身旁，一輛開往客運轉運站的公車緩緩駛過。

男人蹬蹬蹬地跑到公車站牌後，對著駛來的公車用古怪的姿勢筆直舉起他的左手。

對岸的猛哥，也加快速度。在吹來的風中划動修長的手腳奔跑的，已不是我剛才看到像個糟老頭的男人了。

哥哥，哥哥！那個聲音連遙遙落在後方的我都聽得見，為何對面的男人卻聽不到？我雖然焦躁，也只能默默停駐在小貨車的後方乾瞪眼。

猛哥的聲音拔尖分岔，雖然已快累垮，還在拚命繼續呼喚。

他已追到男人的正對面了。即便相隔遙遠，我也知道他氣喘吁吁。他像要擠出渾身力氣，吶喊，頹然跪倒。

「哥哥，回家吧！」

成串的車流，出現瞬間的空隙。公車站的男人，驀然瞥向正面的馬路。

連我也明白了。公車站的男人是哥哥，對面是他的弟弟。

抱著大包袱的哥哥，似乎朝弟弟露出微笑。

然而還來不及喘息，徐徐在哥哥面前停下的公車，已擋在兄弟之間。

PLP0056

搖擺

作　者—西川美和
譯　者—劉子倩
編　輯—黃煜智
行銷企劃—張燕宜
發 行 人—趙政岷
出 版 者—時報文化出版企業股份有限公司
10803 台北市和平西路三段二四〇號七樓
發行專線—（〇二）二三〇六六八四二
讀者服務專線—〇八〇〇二三一七〇五
（〇二）二三〇四七一〇三
讀者服務傳真—（〇二）二三〇四六八五八
郵撥—一九三四四七二四時報文化出版公司
信箱—台北郵政七九～九九信箱
時報悅讀網—http://www.readingtimes.com.tw
電子郵件信箱—ctliving@readingtimes.com.tw
思潮線臉書—https://www.facebook.com/trendage
法律顧問—理律法律事務所　陳長文律師、李念祖律師
印　刷—盈昌印刷有限公司
初版一刷—二〇一八年五月四日
定　價—新台幣三二〇元
（缺頁或破損的書，請寄回更換）

時報文化出版公司成立於一九七五年，
並於一九九九年股票上櫃公開發行，於二〇〇八年脫離中時集團非屬旺中，
以「尊重智慧與創意的文化事業」為信念。

國家圖書館出版品預行編目（CIP）資料

搖擺／西川美和著；劉子倩譯 . -- 初版 . -- 臺北市：
時報文化，2018.05
256 面；14.8*21 公分
譯自：ゆれる

ISBN 978-957-13-7369-0（平裝）

861.57　　　107004235

ISBN 978-957-13-7369-0
Printed in Taiwan